Les communiants de Rouen

Dans la collection
polars en nord

Dernières parutions

Retrouvez nos nouveautés sur www.ravet-anceau.fr

Gilles Delabie

Les communiants de Rouen

RAVET-ANCEAU
─ÉDITEUR DEPUIS 1853─

Titre original : *Les communiants de Saint-Évode*

© 2012, Éditions Ravet-Anceau
5 rue de Fives, BP 70123, 59651 Villeneuve-d'Ascq cedex
ISBN : 978-2-35973-254-2
EAN : 9782359732542
ISSN : 1951-5782

À Nathalie.
Pour André, Michelle, Philippe,
Pascale, toujours dans mon cœur.
Merci à Christian.

Chapitre 1

Il avait hésité. À quoi bon le nier. Là, sur le seuil de leur chambre, lorsqu'il l'aperçut à la lueur de la lampe de chevet, étendue sur le lit. Elle avait gardé ses chaussures, des escarpins noirs vernis, qui avaient souillé le blanc soyeux du drap. Une bouteille de sauternes 1948 finissait de se répandre sur l'épais tapis. L'odeur de la divine vinasse se mélangeait aux vapeurs aigres des deux tubes de somnifères que sa gorge refoulait bruyamment.

Il avait hésité, faillit refermer doucement la porte, longer le couloir à pas plus vifs, dégringoler le grand escalier, éteindre les lustres du salon, courir dans le jardin vers son auto et démarrer en trombe. Aller n'importe où, au bureau, chez Suzanne, dans un bar… Qu'importe ! Partout où il pourrait oublier la vision de sa femme agonisant sur leur lit…

– Ne me laisse pas, Kléber… Kléber…

La voix de Clémence sembla émaner de nulle part. Sa clarté saisit son mari qui se précipita vers le lit. Il lui redressa la tête, nettoya sa bouche des vomissures qui l'obstruaient et dégrafa sa robe. Un râle atroce jaillit de ses entrailles.

– Clémence ? Clémence ! Réponds-moi, Clémence !

Il lui flanqua des gifles, tenta de l'extirper du lit. De ce corps inerte, seul le râle persistait.

Il la porta jusqu'au cabinet de toilette, la pencha au-dessus du lavabo, tenta de glisser les doigts dans sa bouche, appuyant son autre bras sur l'estomac.

Il hurlait à présent :

– Clémence ! Je t'en supplie, Clémence ! Réveille-toi !

Dans un terrible hoquet, elle cracha une bile venimeuse. Le flot nauséabond éclaboussa la blancheur crue de l'émail ; le large miroir était maculé de cette vilaine écume. Kléber Bouvier continuait sa répugnante et salvatrice besogne, une sorte d'odieux accouchement : de ce bouillon de morve, un être s'extrayait du néant. Clémence vivrait.

La respiration se fit plus régulière, les membres se raidirent, ses yeux semblaient revenir de l'au-delà. Elle quittait lentement sa léthargie. Il la prit dans ses bras et l'embrassa avec rage, délivré de la frayeur morbide où elle l'avait plongé. Elle l'étreignit à son tour avec ses dernières forces, leurs regards se croisèrent, là, dans l'épouvantable, leur amour se manifesta une fraction de seconde puis l'urgence reprit le dessus. Il l'étendit sur le drap, se rua vers le salon et décrocha le téléphone :

– Allô, Galien… Bouvier à l'appareil… Venez vite !

Il resta planté dans le vaste salon, son regard flottant sur le décor cossu de leur demeure. Soudain, il heurta l'armoire aux alcools. Pris d'une rage soudaine, il se précipita vers le meuble et fracassa toutes les bouteilles qu'il put saisir. Les larmes succédèrent à la colère, mais une lueur de phares dans le parc le ramena à la raison.

Il retourna au téléphone, composa un numéro, celui du père de Clémence, Oscar Pagèle. Bien que très âgé et malgré l'heure tardive, Bouvier savait qu'il pouvait l'appeler. Pour sa fille chérie, Oscar faisait fi du temps.

– Oscar ? C'est Kléber… Clémence a fait une bêtise… Non, non… Elle s'en tirera je crois… Cependant… Il était temps… Le médecin arrive, je dois vous laisser… Je vous tiens au courant… Je sais, Oscar, merci…

Le Dr Galien prit la tension de Clémence. Sa patiente se laissait manipuler, à demi consciente. Un masque jaunâtre se dessinait sur son visage que la vieillesse avait définitivement terrassé cette nuit-là.

– Vous l'avez sauvée *in extremis* mon vieux... Néanmoins, il faut la conduire à l'hôpital afin de veiller à d'éventuelles complications.

Le docteur essuya les épais carreaux de ses lunettes, les réajusta sur son nez avec soin, puis regarda fixement Bouvier à travers ses loupes cristallines.

– Si le cœur a résisté, le cerveau, lui, aura subi des lésions qui demeureront irréversibles... Il faudra être courageux, Kléber... Elle aura besoin de votre présence pour veiller sur son quotidien...

L'ambulance s'éloigna sur le gravier de l'allée, la Simca de Galien emboîta le même trajet. Bouvier resta un long moment sur le perron de la Pagèlerie. L'aube traçait son empreinte rougeâtre à travers les troènes et un vent doux finissait de balayer les affres de la nuit. Il se ressaisit et rentra, nettoya les traces de sa colère et se dirigea vers la cuisine pour prendre machinalement ses outils matinaux : le moulin, le pot à grains et la vieille cafetière en émail. Il but deux bols, passa la main sur sa barbe naissante, monta à l'étage prendre son nécessaire de toilette et quitta les lieux en poussant un soupir de soulagement.

Chapitre 2

La Traction cahotait, évitant les ornières et les tas de sable qui jonchaient cette partie de la ville. Rouen n'était qu'un vaste chantier où on pansait encore les plaies de la guerre. Tout se transformait, lentement, trop lentement... À force, le provisoire s'éternisait. Les baraquements pullulaient ; sur les terrains vagues, des pans de murs délabrés se dressaient comme des fantômes, attendant leur coup de grâce. On remplacerait tout ça par du beau, du propre, du confortable... Du moins, c'est ce qu'on promettait. Depuis dix ans, on pataugeait sévère en pleine désillusion.

On se trimballait dans des bouts de sales déserts, loin du mirage de la reconstruction.

En ce début d'été, les cicatrices de la ville semblaient s'atténuer miraculeusement, la lumière crue en gommait chaque crevasse. Arrivée aux quais, l'auto tourna à droite pour arrêter sa course dans la cour de l'ancienne cavalerie. Le planton salua le commissaire qui se dirigea vers l'aile gauche du bâtiment. À cet instant, on vivait les minutes les plus calmes de la grande maison. Dans moins d'une heure, la relève s'effectuerait, les premières plaintes viendraient emplir les bannettes et le train-train s'ébranlerait.

– Bonjour commissaire, toujours aussi matinal ! lui lança l'homme en faction.

Il se contenta d'opiner du chef en esquissant un maigre sourire et grimpa les marches, saluant de la sorte chaque képi ou inspecteur qu'il croisa, ainsi que les habituelles crapules qui peuplaient les grands couloirs de la maison, les yeux abattus par une nuit sans sommeil. Certains lui manifestaient un respect obséquieux, d'autres tentaient de fraterniser, d'autres encore, les plus jeunes, affectaient des mines de mépris, laissant échapper quelques crachats derrière son dos. Il avait l'habitude et repérait par avance ces petites frappes qui croyaient en imposer devant les copains. Ceux-là, généralement, parlaient plus vite que les autres…

Il pénétra dans le bureau des officiers, la grande salle était déserte, cependant il entendit des éclats de voix provenant du fond de la pièce, dans les quartiers de l'inspecteur principal Poussin. Trois collègues étaient assis autour d'une table vermoulue, donnant de la voix à qui mieux mieux, tandis qu'un quatrième vociférait plus fort encore :

– Oui ! Parfaitement ! C'est Bahamontes qui va gagner ! Dans la montagne, il est imbattable !

– Tais-toi ! T'y connais que dalle ! Viens donc rouler avec moi le dimanche et on en reparlera… C'est pour Kubler cette année, il est à point et son équipe technique… Pardon ! Mais c'est pas des rigolos…

Des protestations fusèrent.

– Si Anquetil prenait le départ, il mettrait tout le monde d'accord. Moi je te le dis ! Il a beau avoir 19 ans, il te les croquerait tous le *barbeau* !

– Anquetil... Anquetil... Faut voir... Mais moi, moi ! Je vous le dis les gars... c'est pour Robic cette année ! Je le vois en jaune dans les Alpes...

Bouvier siffla la fin de la récréation de manière sentencieuse.

– C'est Walkowiak qui va gagner et personne d'autre !

Les inspecteurs regardèrent le commissaire et acquiescèrent d'un commun accord, tous, sauf Poussin, l'aîné de la bande, bien calé sur sa vieille chaise dont le coussin suffoquait sous le quintal ferme du propriétaire. Il dodelinait de la tête, mimant ses jeunes adjoints, se moquant d'eux, les jugeant trop déférents envers leur chef.

– Oui chef ! Bien chef ! Et où l'as-tu pêché ton *Valcognac* ?

– Walkowiak ! Au cul de Bobet dans le dernier Dauphiné... Il a fini deuxième, et comme Bobet est forfait pour le Tour... Tu piges le raisonnement ?

Nouvelle approbation du jeune auditoire et nouveau coup de gueule de son vieux camarade :

– Et Robic, t'en fais quoi ?

Bouvier lança son journal sur le bureau, la photo du coureur s'étalait à la une.

– Si tu savais lire, tu saurais qu'il vient d'avoir un accident de voiture en redescendant les Alpes. Ils ont raison les petits, c'est un poisseux *Biquet* ! Ça ne m'étonne pas qu'il te plaise d'ailleurs.

– Ah, tu peux crâner ! N'empêche qu'en 1947, dans la côte de Bonsecours, il fallait le voir grimper !

– Je dis pas... Pour les montées, il est bon, c'est dans les descentes qu'il laisserait un peu à désirer...

Toute l'assemblée se gondola. Les regards des vieux complices se croisèrent et l'inspecteur devina qu'à travers son air goguenard, quelque chose ne tournait pas rond chez le commissaire, bien qu'il s'efforçât de n'en rien laisser paraître devant ses hommes.

– T'as du bon café à m'offrir dans ton bureau, m'sieur le commissaire ? Du vrai hein ? Pas de la chicorée ! demanda-t-il en forçant le ton de la plaisanterie.

Le message était reçu et Bouvier lui ouvrit la porte de son antre. Un franc soleil lessivait les moisissures d'un rude et long hiver. En ce mois de juin, les vieux meubles de l'Administration française reprenaient l'éclat inespéré d'une IVe flamboyante…

Bouvier s'effondra dans son fauteuil et sans autre pudeur, se prit la tête entre les mains, tentant vainement de réprimer un sanglot. Poussin s'approcha de lui, prêt à le réconforter.

– Qu'est-ce qui se passe ? C'est Clémence, n'est-ce pas ?

– Oui… Elle a tenté de se foutre en l'air cette nuit…

– Nom de Dieu ! Tu étais là ?

– Je suis rentré juste à temps, je lui ai fait régurgiter l'alcool et toutes ces drogues qu'elle prend à longueur de temps… Elle est à l'hôpital…

Ils restèrent un moment silencieux. Puis Poussin le questionna de nouveau :

– Que vas-tu faire à présent ? Tu as prévenu la famille ? Et puis Suzanne… Tu ne peux décemment plus…

Bouvier passa la main dans sa tignasse encore très noire, puis sur sa bouche, marquant un doute abyssal. Les yeux dans le vide, il sentit la terre se dérober sous ses pieds.

– Je ne sais pas quoi faire, Marcel… Je ne sais plus…

Enfin il se leva, alla à la fenêtre regarder les péniches qui remontaient la Seine paresseusement. Des camions faisaient des allées et venues sur le pont Circonflexe dont la reconstruction s'achevait enfin. Pour l'instant, on testait la solidité des aciers lorrains en promenant des poids lourds chargés jusqu'à la gueule sur les deux voies fraîchement bitumées. Ça tenait le coup apparemment. Suzanne habitait juste derrière… Sur la rive gauche… Une maison de briques rouges.

– Je vais travailler… Faut bien…

Poussin haussa les épaules, ne voulant pas contrarier son copain de patron.

– C'est pas le boulot qui manque… Il y a le hold-up des usines Bertin…

– Non, je laisse ça à Grandjeau… Il veut briller un peu en ce moment ! À 40 ans, c'est normal, c'est l'âge des premières breloques…

– Si tu le dis… Ah, n'oublie pas ! Il faut que tu appelles le préfet pour la visite de Coty…

Bouvier fit la moue, il croisa ses mains derrière le dos et fit ce drôle de bruit qui trahissait son agacement, un claquement sec et répété qu'il produisait avec son pouce droit sur la paume de son autre main.

– Oui… Oui… Le préfet… Quoi d'autre ?

– Je pense que c'est primordial. On reçoit le président, je te signale ! Il faut sécuriser tout son parcours.

– Tu parles ! Il va arriver avec toute son escorte parisienne et on ne sera là que pour passer les plats… Et quand bien même… Qui en voudrait à ce brave Coty ? Tu peux me le dire ?

Bouvier bougonna encore un peu, puis se retourna vers l'inspecteur.

– Va voir en bas s'il y a de la pastille à sucer… Une bricole pour que je m'occupe quoi…

– Je vois… Une petite affaire du genre solitaire… Tu ne veux plus voir nos gueules… C'est ça ?

– C'est ça ! Va, va !

L'inspecteur s'exécuta, feignant la mauvaise grâce, tandis que le commissaire se dirigeait vers le petit cabinet de toilette attenant à son bureau, privilège alloué lors de sa dernière promotion. Nommé divisionnaire deux ans auparavant, l'Administration se devait d'améliorer son ordinaire. On songea donc à l'installer dans l'autre aile du bâtiment. Des peintres s'étaient appliqués à étaler quatre couches d'un blanc crémeux sur des murs entièrement replâtrés. Des menuisiers avaient remplacé parquet et fenêtres avec des matériaux de premier choix. On livra ensuite un énorme bureau aux senteurs de merisier fraîchement coupé achevant d'imposer la pompe de son grade. L'espace jouissait de l'installation récente d'un chauffage central qui irradiait tout l'étage. Et que dire du cabinet de toilette privé ! En plus des commodités, un lavabo distribuait de l'eau chaude à volonté, surplombé d'un miroir à éclairage intégré, comme on en voit dans certaines loges de théâtre… Bref, un vrai bureau de divisionnaire, une sorte de palace administratif. Oui, mais voilà… Il était situé dans l'aile droite, pis encore, au premier étage… Et que voyait-on de ces belles fenêtres ? D'autres fenêtres… et une cour grise où luisaient les toits noirs des paniers à salade. Rien que de la grisaille pour tout horizon.

Lorsqu'il vit les ouvriers en train de fixer la plaque rutilante mentionnant son nom et son grade sur la porte vernie, Bouvier leur fit signe de suspendre leur ouvrage. Il se rendit deux pas plus loin, toqua au bureau de M. Legendre, le directeur. Celui-ci l'accueillit avec un large sourire tel qu'en affichent les donateurs du Rotary Club quand vient le moment de flatter leur générosité.

– Alors, mon cher Bouvier ! On ne s'est pas moqué de vous n'est-ce pas ? J'en connais plus d'un, moi le premier, qui jalouseraient votre palais ! Enfin vous allez quitter votre gourbi ! Fini le froid, le poêle qui tousse, la fournaise de l'été et les bruits du port… Ah oui, je vous envie, mon vieux !

Bouvier, mal à l'aise depuis son entrée, le saisit au mot.

– Eh bien prenez-le !

Legendre resta interloqué.

– Pardon ?

– Oui, comme je vous le dis, prenez ce bureau…

– Mais enfin, qu'est-ce qui ne vous convient pas ? Les peintures ? Le mobilier ?

– Non, non… Tout est parfait… Ils ont œuvré comme des as ! Et je sais que vous avez été très attentif à ce qu'il en soit ainsi… Mais je préfère encore pester contre mon vieux poêle, user mes semelles dans les quatre étages de cette vieille baraque et suer à grosses gouttes chaque été que me priver du port, de la Seine et des péniches… Vous comprenez, n'est-ce pas ?

– Mon vieux Bouvier, je vous laisse vos hochets… Si vous y tenez tant…

Il tendit la plaque de cuivre trop brillante à son supérieur, lui serra la main puis se retira.

Sur le seuil, il fit cependant une requête.

– Néanmoins, si on pouvait aménager un petit cabinet de toilette dans mon vestiaire...

Trois jours plus tard, une cuvette reliée au robinet d'eau froide du couloir et un miroir mal dépoli furent installés en toute hâte.

Bouvier achevait de s'y raser en faisant pétarader toute la plomberie chaque fois qu'il tournait la mollette du robinet. Il se passa un coup de peigne puis retourna à la fenêtre fumer une cigarette, appréciant le doux ronron des quais.

Poussin entra sans frapper, apportant la moisson de plaintes qu'il avait glanées à la réception.

– Voilà, monsieur est servi ! Je t'ai épargné les chiens écrasés et les rixes de sorties de bal... Tu ne m'en voudras pas... Il faut bien que les « petites mains » travaillent aussi... Alors voilà de quoi t'occuper, tout seul bien entendu... Deux gamines qui portent plainte contre un certain William de Mérignon de la Houssaye, pour escroquerie, chantage... et dépravation. Une affaire de concours de Miss qui aurait fini en tournage de films cochons...

– Tiens, tiens... C'est signé ça ! Alors comme ça William Gamichon est de retour... Sacré Oui-Oui ! fit Bouvier en souriant. Et je parie qu'il se donne le rôle principal dans ses œuvres ! Pardi ! Comment se fait-il appeler maintenant ?

– De Mérignon de la Houssaye...

– Un jour tu verras qu'elles l'appelleront de Gaulle ! Bon, autre chose ?

– Un trafic de calva frelaté revendu dans les bistrots de Martainville et dans quelques restaurants du Vieux Marché... Et pas des plus mauvais...

– Ensuite... s'impatienta Bouvier.

Poussin jeta le tas de paperasse sur le bureau déjà très encombré.

– Écoute patron ! Je te laisse à la lecture de ces babioles… Mais moi, à ta place, je partirais en vacances, ou mieux, je m'occuperais de ma femme et de sa convalescence… Enfin Kléber, tu ne crois pas que tu dérailles là, dis…

Bouvier s'assit posément dans son fauteuil, ne prêtant guère attention aux saines vérités que lui débitait son adjoint, il entama l'épluchage des procès-verbaux avec un soin appuyé. Las, Poussin, avec sa grâce d'ancien boxeur, lui rendit les honneurs avec son bras et sortit en claquant la porte.

Bouvier était toujours dans ses futiles lectures lorsque le soleil de midi inonda totalement la pièce. La chaleur devint étouffante, annonciatrice d'un nouvel été de plomb sous les toits de zinc. C'est alors qu'il relut une feuille parmi celles qu'il avait classées. Il la parcourut de nouveau en fronçant les sourcils et décida d'aller rendre visite au planton pour avoir des éclaircissements sur les lignes confuses qui y étaient consignées. L'endroit décrit sur le rapport lui promettait une certaine fraîcheur, l'éloignant ainsi pour quelques heures de cette chaleur qu'il avait toujours eue en horreur. Il descendit jusqu'au rez-de-chaussée et demanda après l'agent Lecointre.

– Il vient de partir à la gamelle, tenez ! Il est là-bas dans la cour… lui répondit le planton.

Bouvier héla l'agent qui s'arrêta net, se raidissant dans un salut impeccable.

– Ça va Lecointre ? Dis-moi, tu as consigné un rapport ce matin pour une histoire à la cathédrale…

Un peu étonné par la démarche de son supérieur, le planton répondit par l'affirmative d'un signe de tête.

– Tu peux m'en dire plus ?

– Bah… C'est-à-dire, je ne sais pas si ça peut vous intéresser… dit-il incrédule.

– Oui, oui… Justement… Raconte-moi…

– Bien… C'est un ouvrier qui travaille sur le chantier de la cathédrale, vers la rue Saint-Romain, alors, il est venu comme ça ce matin…

Le planton cherchait ses mots, n'ayant visiblement qu'un très vague souvenir de cette histoire…

– Et puis ?

– Et puis, il me dit comme ça… que c'est son chef, enfin je crois hein… Que c'est son chef qui lui a dit de nous prévenir parce qu'ils avaient trouvé quelque chose dans les soubassements… Et qu'il fallait qu'on y jette un œil…

– C'est vague… Et il n'a pas été plus précis sur la « chose » à voir ?

– Il m'a dit que c'étaient des bêtises et que ça l'emmerdait… Excusez l'expression, commissaire ! Bref, que ça l'emmerdait d'être au poste pour une pareille peccadille et qu'il ne voulait surtout pas passer pour un imbécile, si on se déplaçait pour rien… C'est grave ? J'aurais dû mettre la main dessus ? s'inquiéta l'agent.

– Non, rassure-toi… Je voulais simplement comprendre…

– Ah ! bien, bien…

– Samson Ernest, c'est bien son nom ?

– De qui ?

– De l'ouvrier…

– Ah oui ! Ernest, c'est son prénom et son nom c'est…

– Samson…

– Affirmatif !

– Merci, Lecointre… Bon appétit, mon vieux !

– Pareillement, commissaire.

Chapitre 3

Bouvier ôta son veston et marcha le long des quais, il entra dans une brasserie, commanda une simple omelette et un quart rosé. Il pénétra au fond de l'établissement, introduisit un jeton dans le taxiphone et composa le numéro griffonné sur son calepin. Il attendit de longues minutes avant qu'une infirmière revêche ne lui indique froidement que Clémence n'était pas prête de *discutailler* au téléphone dans l'état où la pauvre *vieille* se trouvait. Il resta un moment le combiné en main, puis il composa le numéro de son fils Marc. La voix d'une jeune femme le fit tressaillir.

– Allô ? Allô ?

Il avala sa salive et tenta de reprendre contenance.

– Allô Odile, c'est moi, Kléber…

– Ah…

Un silence masqua la gêne.

– Oui… Bonjour Kléber… Je… Que désirez-vous ?

– Je voulais parler à Marc…

Il blêmit soudain, cherchant ses mots.

– Excuse-moi, Odile, je ne sais pas ce qui m'a pris…

Le silence de nouveau. Il s'adossa au mur afin de reprendre son aplomb. C'est elle qui franchit l'abîme.

– Je comprends… Ce n'est pas grave… Ça m'arrive aussi… Très souvent… Au revoir Kléber…

– Prends soin de toi, Odile et embrasse Marie-Christine…

Il raccrocha, son visage était si pâle qu'un serveur, pourtant très affairé avec son plateau, s'en inquiéta.

– Ça ne va pas, monsieur ?

Bouvier le rassura puis s'épongea le front et alla s'asseoir à une table. Des dizaines de convives emplissaient maintenant la grande salle où de larges miroirs reflétaient de mille éclats la lumière de juin. Noyé dans l'agitation du coup de feu de midi, il se requinqua dans le brouhaha des conversations et le cliquetis des couverts. Ces premières heures estivales ravivaient une gaieté trop longtemps contenue. Autour de lui, chaque visage souriait, des rires agitaient la tablée voisine où déjeunaient les employés d'un grand magasin. Il se sentait encore étranger à toute cette animation, bien qu'il s'efforçât à grand-peine de s'en imprégner.

Pourquoi avait-il composé ce numéro ? Pire que la sombre méprise, c'est le refus d'admettre la vérité qu'il se reprocha. Marc était mort. Cela faisait deux longues années à présent ; son fils s'était tué dans un accident de moto. Il étrennait son engin lorsqu'il fut déséquilibré en franchissant une ornière. La chute brutale lui fut fatale. Un stupide accident.

Rien ne prédestinait Marc à une mort si prématurée. Il avait toujours été un enfant calme et discret. Ses bachots en poche, il se dirigea vers le droit, mais très vite, il exclut d'entrer dans la magistrature qu'il jugeait trop théâtrale quel qu'en fût le poste : avocat, juge ou procureur. Il préféra s'engager dans la très stricte voie notariale et semblait s'y épanouir pleinement. Engagé comme clerc à Paris, il y goûta tous les plaisirs. C'est dans une de ces caves à la mode, où le jazz faisait teinter ses cuivres, qu'il fréquenta Odile, une artiste peintre qui avait déjà son petit succès. Ils se marièrent rapidement, s'aimèrent comme peuvent s'aimer deux jeunes amants et eurent une fille, Marie-Christine, qui porte les traits fins de sa grand-mère Clémence. Mais Marc, ce fils si sage décida brusquement de s'adonner à la griserie de la moto. Pour ses 25 ans, il se fit offrir un modèle anglais. Toute la famille contribua à l'achat du monstre. Ses parents furent les plus généreux. Le pneu éclata sur les cailloux acérés et son corps fut projeté à plus de vingt mètres. Son cou se rompit sur le pavé. Marc était mort.

Que dire ? Que le souffle vous manque pour hurler tout ce chaos qui vous cogne comme des coups de marteau ? Soudain la nuit vous prend, vous happe, de tout son noir. Comme la cagoule d'un pendu… Du noir ! Du noir ! Rien que du noir ! On en avale plein son être et on s'en coud des bouts d'étoffe que l'on use jusqu'à la trame et l'on voudrait user ses chairs avec eux, en finir… Se coucher dans le même trou… Se coucher à sa place… Pour que justice soit faite… Et puis on respire… et d'autres vous aiment, qui respirent à vos côtés… On se retrouve ainsi, abasourdi, marchant derrière un corbillard…

Marianne, leur fille, couvrit sa mère de baisers, de prévenances, espérant avoir assez d'amour, de tendresse, d'existence à ses yeux pour qu'elle ne sombre pas tout à fait. Elle continua ainsi chaque semaine, lui écrivant de longues lettres où elle jetait toutes ses forces pour la soutenir dans la douleur. Il leur fallait survivre en faisant de petits arrangements avec ce sursis imposé... Chez les Bouvier on marquerait les heures, les demies, les quarts, avec un glas pour tout carillon.

Clémence, déjà affectée par la déliquescence de leur mariage, plongea un peu plus dans une morne léthargie où l'alcool, dont elle abusait depuis de nombreuses années, trouva d'autres alliés plus convenables : les somnifères... Quelques pilules, avec ce qu'il faut de rasades pour les avaler et le miracle nébuleux se prolongeait pour quelques heures.

Et cette rengaine, ce refrain increvable en « si » mineur... Si... Si... Si ! Combien de temps allaient-ils encore s'engloutir tous deux dans ce mot ! Si ! Si ! Si ! Ah ! Si on ne lui avait pas acheté cet engin de malheur !

Kléber Bouvier résistait, dans son mutisme, dans son déni, dans son acharnement à vouloir surmonter ce mal, ce gouffre, cet arrachement, en en gommant la réalité. Nier tout en bloc pour que leur crime soit supportable. Pour lui, son père, Marc n'était pas mort ! C'était impossible, voilà tout !

Alors, il se jeta dans son travail, dans cet éden où tout le monde saluait son courage. Un courage couvert de médailles... Ne fut-il pas un soldat exemplaire en 1914 ? N'entra-t-il pas en résistance dès janvier 1941 ? Ne prit-il pas tous les risques dans son métier ? Un héros, vous dis-je ! Et tellement modeste ! Un homme si pénétré, si sage. Mais oui, parfaitement messieurs, dames, un saint homme... Un saint homme ! Et le plus extravagant, c'est qu'il soit parvenu à s'en convaincre... Quelle foutaise ! Quelle tristesse ! Quelle vilenie ! À cette minute, il se sentait profondément lâche. Oui, d'une lâcheté répugnante. N'avait-il pas laissé à Clémence tout le poids de ce deuil ? Que ne s'était-il pas acharné à lui reprocher son alcool, sa déchéance, en plastronnant devant elle avec toute la vigueur de l'éternel résistant ! Avec les encouragements du bon peuple par-dessus le marché ! Car toute la bonne société lui accordait sa gratitude, à lui le saint homme. Mais bon sang ! N'allait-il pas achever de faire crever sa propre femme ? Lui, le saint homme, ne la trompait-il pas depuis des années, aux yeux et au su de tous ? Mais oui madame ! Ce saint homme entretient deux ménages depuis des lustres ! Oui bonnes gens ! Mais, vous lui avez accordé l'indulgence, le pardon, car… Vous comprenez… Le pauvre homme, le saint homme… a épousé une femme qui boit, une alcoolique… Une si belle femme ! Si vous l'aviez connue à 20 ans… Et de bonne famille, les Pagèle, vous pensez, une référence ! Oscar Pagèle, le père, ne fut-il pas ministre par deux fois ? Ne faillit-il pas être maire de Rouen en 1934, à quelques voix près ? Un homme à poigne doublé d'un bon père… Malgré cela, Clémence, sa fille chérie, s'était perdue dans son vice bien que son pauvre mari ait tout entrepris pour l'en empêcher… Son beau-père lui en fut toujours reconnaissant… Voilà ce que tout le monde pensait.

Il réalisait à cet instant qu'il ne faisait plus partie de ce monde, malgré tous ses efforts pour s'y cramponner. Il lâchait prise.

La brasserie se désemplit subitement, les aiguilles de la grosse pendule intimaient l'ordre aux bons petits soldats de la reconstruction nationale de retourner au front.

Son omelette était froide et son quart rosé tiède. Il paya, sortit comme un automate pour se diriger vers les quais. L'envie, le besoin d'en finir le submergèrent. Il atteignit la rive où les flots sombres et onctueux de la Seine l'attiraient irrésistiblement. Il s'approcha de la berge, encore quelques mètres… là… droit devant… encore un pas…

– Vous aussi vous profitez du soleil, commissaire ?

Il sursauta et se tourna vers la frêle silhouette qui se détachait dans le soleil rayonnant. Un jeune homme était assis là, à deux pas de lui, avec une canne à pêche et un panier d'osier. Il reconnut le visage de Michel Castin, un titi de la Croix-de-Pierre, qu'il avait maintes fois alpagué.

– J'ai pas de permis de pêche, commissaire. Vous allez pas m'arrêter pour ça j'espère ? La canne et le panier sont à moi, je le jure ! ironisa-t-il.

Il sifflota en jetant un œil sur son bouchon puis reprit la conversation tandis que Bouvier restait planté sur le granit du quai.

– J'ai même pas fait une seule touche ! Fait rien chaud ? Pas ? Vous avez pas l'air de supporter la chaleur, je me trompe, commissaire ?

Bouvier grimaça un sourire en guise de réponse, lui fit un vague salut de la main et rebroussa chemin.

Il vivrait, il venait de trouver la solution pour y parvenir. Il ferait semblant. Pour être comme les autres, il deviendrait un autre…

Chapitre 4

Des ouvriers déchargeaient un camion, se lançant prestement des sacs de ciment et de plâtre qui s'entassaient au fond d'une cour pavée. Trois hommes aux épaules voûtées sortirent du chantier.

– Je cherche Ernest Samson, vous le connaissez ? demanda Bouvier.

Les forçats se regardèrent, personne ne semblait avoir entendu ce nom.

– Voyez au bout de la rue, le chantier derrière le portail des Libraires, dit l'un d'eux.

Bouvier longea la rue Saint-Romain qui baignait dans la pénombre. Il aperçut de grandes bâches grises recouvrant une carcasse de bois adossée à la cathédrale. Il pénétra dans un univers de poussière blanche où des spectres blafards déambulaient les bras chargés de seaux et de planches. Il héla le premier venu.

– Vous cherchez le chef ? Il est à l'extérieur en train de lire des plans, claironna l'ouvrier.

Bouvier traversa l'épais nuage qui le prit à la gorge. Lorsqu'il parvint à l'air libre, il toussa et éternua comme un diable. Il se racla la gorge une dernière fois et interpella un homme maigre, aux muscles noueux et aux cheveux épars, qui semblait perdu parmi les plans étalés à même le sol, se promenant à quatre pattes sur les grandes feuilles grises, en soufflant de côté pour ôter la fumée de sa Gauloise qui lui piquait les yeux.

– Ernest Samson, c'est vous ?

L'homme regarda furtivement en direction de Bouvier, jugea l'homme en veston et se replongea *illico* dans ses lectures.

– J'achète rien ! indiqua-t-il d'un air agacé. Si vous avez de la camelote à refiler, voyez directement avec les Chantiers français.

– Non, je n'ai rien à vendre, rassurez-vous... Je suis le commissaire Bouvier, je viens pour la plainte...

– Commissaire ? s'écria Samson qui faillit en avaler son mégot, vous êtes vraiment commissaire ?

– Divisionnaire même...

– Bah merde alors ! Ils vous ont fait déplacer spécialement pour cette ânerie ? Pardon ! Parce que, sauf votre respect, vous allez drôlement vous tordre quand vous verrez la galéjade du dessous !

Il se mit à rire tout seul, ce qui déclencha une quinte de toux qu'il apaisa en tirant une nouvelle pipe de son paquet.

– Bah rien ! V'là qu'ils m'envoient un commissaire, c'te bonne !

Il continuait de rire en ressassant le grade du policier. Bouvier se permit de lui prendre une cigarette et attendit qu'il finisse de se gondoler. L'ouvrier tira une chopine d'un seau d'eau, flatta le pinard, en proposa à Bouvier qui refusa poliment, songeant aux dégâts que l'épais liquide violacé produirait sur son estomac. Ernest, en véritable kamikaze, en avala trois bonnes lampées.

– Bon, commissaire, je vais être franc ! Je voulais pas y aller moi d'abord, au commissariat, c'est l'autre blanc-bec de Langlois, l'architecte, qui m'y a forcé... Parce que pour des machins comme ça, normalement, je parle par expérience, ça fait vingt-huit ans que je suis dans la partie aux

Chantiers français, même que je suis contremaître à cette heure…

Il cracha son mégot droit dans le seau à vinasse, avec toute son expérience de contremaître, puis reprit.

– Oui je disais donc, que pour des machins comme ça, on appelle les services du patrimoine ou le musée, qui nous envoient leurs *archéologistes*… ou archéologues, je sais plus, l'un des deux toujours ! Ils viennent avec leurs petites pelles, leurs brosses à dents et leurs seaux de plage… Parce qu'eux, ils marnent avec ça les gaillards ! S'ils nous refilaient leurs outils, on se casserait moins les reins, pas vrai ?

Nouveaux rires, nouvelle quinte de toux… Gauloise, pinard, raclement de gorge, crachat, il manqua le seau cette fois.

– Quels machins ? reprit Bouvier.

– Comment ? On vous a pas expliqué ? Pardi ! Je pense qu'ils vous ont fait une blague vos collègues ! Le mieux, c'est que vous descendiez y voir ! On a laissé des torches cramer en bas, elles doivent toujours donner je pense… Suivez-moi, mais gare à votre veston !

Ils s'enfoncèrent dans le chantier puis longèrent le mur de la cathédrale et s'arrêtèrent à l'angle du portail des Libraires.

Samson ôta deux planches qui cachaient un trou de souris d'où on distinguait, dans le clair-obscur, les premières marches d'un minuscule escalier.

– Je vais vous donner une lampe à huile, j'en ai laissé une à l'entrée.

Samson extirpa la veilleuse de sa cache et la tendit à Bouvier qui était sur le point de renoncer à ses fantaisies.

– Bon, je vous explique… Vous descendez l'escalier, arrivé à la crypte, vous allez au fond, au quatrième pilier, vous tournez à droite, vous verrez un passage étroit, il doit faire cinq ou six mètres de long et là… Enfin… Vous verrez… Attention il fait frais là-dedans !

Sans le savoir, le contremaître donna au commissaire le meilleur argument pour qu'il persiste dans ses pérégrinations gothiques. Il faisait une chaleur écrasante, lui échapper un instant lui parut salutaire.

– C'est profond ? demanda Bouvier.

– Il y a cinquante-sept marches ! Moi je vous laisse, j'ai encore du boulot... J'espère que vous m'en voudrez pas trop en sortant...

Bouvier entama la descente dans l'étroit boyau, son veston en fit les frais. La pâle lueur de sa lampe peinait à éclairer les marches aux pierres humides. Il dut se courber davantage tant le goulot se rétrécissait, faillit déraper et finir sur son postérieur à maintes reprises mais continua malgré tout son périple.

Soudain, une lumière crue jaillit. Il fut saisi par l'immensité des lieux. Sous terre, une seconde cathédrale s'offrait à lui. Les grosses torches contribuaient à distordre le cadre, accentuant sa vertigineuse démesure. Quatre piliers se dressaient, crevant la voûte pour atteindre les sommets de l'édifice. Bouvier contempla la crypte, impressionné par la majesté de son architecture. Cette vision lui sembla hors du temps, shakespearienne. Il marcha lentement, appréciant l'œuvre, le nez en l'air, attiré par chaque détail de la pierre, impressionné par l'aspect colossal des piliers. Comment avait-on pu construire de telles splendeurs et prétendre à présent être au firmament de notre civilisation ? Le génie humain était là ! Comment égaler de tels chefs-d'œuvre ? Plus que l'art, c'était la foi de ces hommes qui lui semblait remarquable. Lui, le païen, s'inclinait devant tant de beauté brute. Tous les gestes de ces artisans, de ces artistes, n'étaient voués qu'à offrir à toutes ces pierres un écrin à la gloire de leur Créateur. Bouvier, en pleine contemplation, les yeux rivés sur les arches du plafond, heurta le quatrième pilier. Il reprit ses esprits et chercha le passage indiqué par Samson. Il devina une faille dans le mur, à peine plus large qu'une meurtrière. Deux étais en soutenaient le plafond qui ne demandait qu'à dégringoler. Bouvier, guère rassuré, s'y glissa tout de même à grand-peine muni d'une torche. Il songea alors aux films d'aventures qu'il regardait avant-guerre. Ne lui manquait que le chapeau à peau de léopard pour jouer les

Errol Flynn. Il s'amusait comme un gosse et songea à Poussin... Il se foutrait bien de sa poire en le voyant faire le Tintin dans cette grotte. Son sourire se figea lorsque l'enfer de Dante se dressa devant lui. Il eut un mouvement de recul, de réelle terreur. Dans une pièce sombre aux parois octogonales, il distingua, à la lueur de sa torche, huit corps ligotés dans chaque aspérité du mur. Huit petits squelettes revêtus de robes de bure poussiéreuses. Des moines minuscules. Bien que décharnés, ces corps avaient conservé le masque intact de leur souffrance. Bouvier crut percevoir leurs hurlements. «Vous verrez...» lui avait soufflé Samson... Il en voulait à présent à ce crétin de ne pas lui avoir expliqué plus en détails le spectacle morbide qu'il découvrait à l'instant. Mais comment décrire l'horreur suspendue à ces murs ? Samson s'était débiné pour ne pas avoir à soutenir ce cauchemar une nouvelle fois. Quel fumier ! Il s'emporta après le contremaître puis sa colère changea de proie. C'est après lui-même qu'il s'en prenait à présent !

– Mais quel con ! Qu'est-ce que je fous ici ?

En élevant la voix, son écho se propagea dans toute la crypte. Il songea alors que les oreilles de ces murs devaient résonner encore des plaintes de ces huit suppliciés.

Malgré sa stupeur, Bouvier hésita à faire demi-tour. Une force invisible le clouait face à cette désolation. Il approcha sa torche et détailla les corps un à un. Leurs membres étaient liés par de grosses cordes attachées aux lourds anneaux en fer forgé qui parsemaient l'endroit. Les hautes murailles de la pièce accentuaient leur petitesse. Ils avaient dû agoniser dans d'atroces souffrances. Le génie du Moyen Âge s'évaporait, ce qui se destinait à Dieu abritait le diable.

– Qu'ont-ils fait pour se retrouver là, ces pauvres bougres ?

Bouvier se pencha vers un des corps, se risqua à toucher le tissu, qui s'effrita sous ses doigts.

– Cela doit faire des siècles qu'ils pourrissent ici... murmura-t-il.

Il observa un autre corps et perçut une petite touffe de cheveux roux. C'est alors qu'il se souvint de ses manuels d'histoire, mentionnant la persécution des rouquins, accusés de sorcellerie en des temps plus obscurs. Il songea que les hommes n'avaient pas tellement évolué depuis, invoquant bien d'autres raisons, toutes aussi fallacieuses, pour continuer à s'entretuer…

Il observa les os fragiles et fut horrifié de constater qu'ils appartenaient à des corps d'enfants. Soudain, son œil fut attiré par un autre détail. Sur le poitrail sec d'un petit squelette, il extirpa une chaînette. Il gratta avec son ongle un médaillon couvert de rouille et de salpêtre. Il l'approcha de la torche. En même temps que l'objet s'éclaira, le visage du commissaire s'assombrit. Il inspecta les autres corps et découvrit des breloques similaires sur chacun d'eux.

– Nom de Dieu… grommela-t-il.

Il s'empara du médaillon et le mit dans son portefeuille, regarda à nouveau les corps chétifs et eut un haut-le-cœur. Il se hâta de sortir, s'empressant de remonter l'escalier. Affolé, il oublia la lampe et c'est dans le noir complet qu'il grimpa, précipitant son pas et se cognant à plusieurs reprises. Il voulait en finir au plus vite. La nausée le gagnait. L'image de ces spectres se mélangeait à des douleurs plus intimes. Tout cela dégoulinait dans son crâne. Il continuait néanmoins son interminable ascension dans ce colimaçon plus étroit qu'un boyau de mine. Il lui fallait de l'air, du soleil. Il parvint au couloir final, distingua le jour et se rua vers le trait de lumière. Enfin il respirait. Son veston était maculé de salpêtre. Il n'avait pas de mouchoir et essuya son visage avec sa manche. C'est dans ce piteux état qu'il rejoignit le contremaître.

– Bah merde alors ! C'est t'y que vous auriez vu des fantômes ? fit Samson avec un rire narquois.

Il tira un mouchoir pas très propre d'une poche très sale et le tendit à Bouvier.

– Vous avez dû manquer une marche pardi ! C'est un vrai casse-gueule que cet escalier-là. Ce doit être de sacrées momies là-dessous pour que ça vous foute tous la frousse de les voir ! Faut dire que cette cathédrale-là, elle est pleine de morts ! J'en ai déjà déterré moi, des macchabées là-dedans. C'est vrai que ça fiche la chair de poule de les voir. Enfin, je pensais qu'un gars comme vous…

L'air chaud mêlé à la poussière déclencha une quinte de toux que le commissaire ne put réprimer. Samson lui tendit son litre de rouge, cette fois Bouvier ne refusa pas. Il s'éclaircit la gorge et les idées en tirant quelques gorgées au goulot du kil.

– À la bonne heure ! lui souffla le contremaître.

Bouvier reprit des couleurs et son aplomb d'officier.

– Il faut condamner l'accès à la crypte. Je ne veux voir personne descendre là-dedans… ordonna-t-il.

Samson ricana, incrédule.

– Je ne plaisante pas, Samson ! Vous allez me barricader cet escalier ! Je reviens demain avec mes hommes et nous poserons des scellés.

– Mais enfin, vous n'allez pas me dire qu'ils sont de la veille, ces vieux machins-là ?

– Faites ce que je vous dis. Et ne discutez pas !

– Ne discutez pas… Ne discutez pas… Facile à dire… C'est pas moi le responsable ici ! Il y a du monde au-dessus de moi. Les chefs, l'architecte… Pis, les curés ! Et puis l'évêque. Ah oui ! Monseigneur qui surveille tout ce qu'on fait. Faut pas oublier qu'il y a Coty qui vient le mois prochain pour voir l'avancée des travaux ! Ils disent qu'il y aura aussi un oncle du Vatican ! Et apparemment, c'est un grand chef chez les curetons !

Bouvier traduisit le langage singulier du contremaître sans songer à le corriger. En effet, un nonce devait participer à cet évènement.

– Condamnez-moi ce passage ! lui intima Bouvier.

Samson maugréa puis se dirigea vers la crypte et installa de mauvaise grâce quelques planches à l'entrée.

– Clouez-moi tout ça, insista le policier.

– Bon sang commissaire ! Personne n'y descendra là-dedans. Je vous le jure !

– Clouez-moi ces planches !

Samson s'exécuta en grognant, Bouvier crut reconnaître quelques noms d'oiseaux dans sa logorrhée. Il le regarda enfoncer d'énormes clous dans chacune des planches et vérifia lui-même la solidité de l'ouvrage. Satisfait, il serra la main du contremaître.

– À demain, Samson.

– Si vous le dites…

Chapitre 5

– *Jacques qu'est-ce qu'ils vont nous faire ?*

– *Tais-toi !*

– *Mais j'ai peur moi…*

– *Chut ! Si les autres débarquent, là tu pourras avoir peur !*

– *Et puis j'ai mal aux bras…*

Étienne Langlois venait récupérer les plans qu'il avait remis à Samson sur le chantier et évaluer avec lui la poursuite des travaux. Le contremaître l'attendait de pied ferme, malgré l'heure tardive.

– Un commissaire est venu… lâcha Samson tout de go.

– Un commissaire ?

– Oui ! Et il a l'air d'avoir mordu à toute cette histoire dans la crypte…

Langlois sembla à la fois satisfait et inquiet d'apprendre cette nouvelle. L'autre ne lui cacha pas son agacement.

– Et c'est tout ? demanda l'architecte.

– Il revient demain inspecter les lieux. Il m'a demandé de barricader l'accès…

– Vous l'avez fait ?

– Oui… et non…

– Comment ? Vous n'avez pas obéi à la police ?

– Oui ! Mais j'ai aussi obéi à Glâtre !

– Monseigneur est déjà au courant ?

– Évidemment ! Il est comme vous, il vient inspecter les travaux finis.

– Et vous lui avez parlé des morts et du commissaire ?

– Dame oui !

– Bougre de… Et qu'a-t-il dit ?

– Rien… Il s'est contenté de défaire les planches… Il a encore de la sève dans les bras, le curé !

– Il est allé dans la crypte ?

– Oui…

Étienne Langlois se rua vers l'escalier. À sa grande surprise, les planches qui en barraient l'entrée étaient encore solidement clouées. Il revint vers le contremaître.

– Mais tout est bouché !

– C'est qu'il aura remis les planches !

Langlois hésita à forcer le passage et descendre vérifier les lieux. Qu'avait pu faire l'évêque là-dessous ? Il restait perplexe, ne parvenant guère à retenir une hypothèse plausible.

– Est-il resté longtemps dans la crypte ?

– Je dirais une demi-heure… peut-être un peu plus, répondit le contremaître en se grattant le crâne.

L'architecte remercia Samson et reprit les plans qu'il lui avait confiés. Il traversa le chantier en prenant soin de ne pas se salir. Samson cracha par terre en guise d'au revoir.

Chapitre 6

Mgr Glâtre priait. Son chapelet s'égrenait dans ses mains moites. Il se signa et regarda longuement le grand crucifix qui ornait ses appartements. Il ferma de nouveau les yeux, prit une lente inspiration et se signa encore à trois reprises. Il s'arracha à la prière avec peine. Sur son bureau, il avait posé trois gros livres poussiéreux, trois grands registres de toile grise. Il ouvrit le premier et laissa son doigt parcourir les lignes inscrites à l'encre violette. Il tourna les pages, son index se promenant encore sur les écritures qu'il survola rapidement. Il s'arrêta sur une page, y lut les commentaires, en recopia quelques notes avant de se replonger dans ses lectures. Il corna quelques feuillets, éplucha de la même façon les trois volumes, revint sur certaines annotations, les reportant soigneusement dans son petit calepin. Il procédait méticuleusement et passa ainsi trois longues heures à parcourir ces centaines de lignes violettes. Les yeux fatigués, il se redressa sur son fauteuil, récita une prière à mi-voix, ouvrit un tiroir, en retira une longue règle et une lame très fine. Il feuilleta à nouveau les trois volumes et découpa avec soin toutes les pages cornées, appliquant la lame au plus près des coutures de la reliure. Il déposa toutes les feuilles dans une corbeille en métal et les brûla. Il relut les notes de son calepin, le rangea dans son secrétaire qu'il referma à clé. Il sortit, emprunta le long couloir de l'archevêché, parvint à l'étage inférieur et s'arrêta devant la chambre de l'abbé Millau. Il hésita à déranger l'abbé à une heure qu'il crut trop tardive. Il regarda sa montre et remarqua un rai de lumière sous la porte du curé. Ses doigts grattèrent doucement le bois de la porte. Un jeune homme ouvrit. Il était en manches de chemise et ses doigts étaient tachés d'encre. Lorsqu'il reconnut l'évêque, il s'inclina. La main de Glâtre caressa les cheveux blonds du novice, puis les deux hommes s'engouffrèrent dans la chambre.

Chapitre 7

– Marianne ? Allô Marianne, tu m'entends ? Mademoiselle ? Nous avons été coupés !

– C'est Oran qui ne répond plus monsieur… J'essaie à nouveau… Voici votre appel…

– Marianne ?

– Papa ? Quelle surprise ! Tu m'entends ? Les lignes sont affreuses en ce moment !

– Oui… Je voulais te parler de maman…

– Un moment… Oui… J'ai le temps si tu veux…

– Non… Je… Maman est très malade… Elle est à l'hôpital…

– Mon Dieu ! Maman ? Qu'a-t-elle ?

– Oui… Mademoiselle ? Nous avons été coupés…

– Cette fois je crains de ne pouvoir rétablir la ligne… Désolée monsieur…

– Ça ne fait rien…

Bouvier raccrocha. Il sortit de la cabine, traversa le grand couloir de l'hôtel-Dieu et se rendit à l'étage. Il salua deux internes qui reprenaient leur service, continua son chemin sur le froid pavé encore humide de l'hôpital. Des effluves de Javel lui irritaient les yeux. Il poussa de lourdes portes aux vitres grises, traversa les longs dortoirs où l'on entendait les ronflements et les gémissements des malades alités par dizaines, tout juste séparés par des bouts de rideaux d'un blanc douteux. L'odeur d'urine alliée à d'autres puanteurs, toutes aussi écœurantes, finirent par lui soulever le cœur. Enfin, il pénétra dans le couloir des chambres individuelles, où plaintes et soupirs semblaient plus feutrés. Ici, on souffrait convenablement. Chez les bourgeois, même la douleur reste privée. Il retira le bout de papier où il avait griffonné le numéro de chambre. Arrivé au 458, il prit une longue inspiration avant de tourner le bouton de porte. Clémence dormait, la bouche ouverte, une longue mèche grise barrait son visage. L'infirmière avait raison, elle ressemblait à une pauvre vieille. Bouvier resta un long moment, contemplant chaque parcelle de ce visage qu'il ne reconnaissait plus, cherchant dans sa mémoire la douceur qu'il portait autrefois. Il l'avait connue si belle… si belle ! Bon Dieu Clémence, pourquoi ?

Il sursauta lorsqu'une femme en blouse blanche lui indiqua l'heure. Galien, par amitié, lui avait accordé une légère entorse au règlement des visites. Mais il ne pouvait la veiller toute la nuit. Il embrassa le front de Clémence et remercia l'infirmière pour ses bons soins.

Dans son auto, il hésita. Il roula sur les boulevards puis longea le fleuve, à nouveau hésitant. L'air était lourd et les derniers trolleys semblaient s'essouffler en remontant la rue de la République. Des jeunes gens se pressaient devant l'*Omnia* où l'on jouait *La Fureur de vivre*. Plus loin, des motocyclettes pétaradaient devant les terrasses des bistrots et l'on voyait des jeunes filles grimper sur les engins, en s'accrochant à leurs fiancés. Tous repartaient dans un joyeux tumulte vers les dancings qui fleurissaient le long de la Seine. Marc aurait pu être du nombre…

Il coupa le moteur et marcha vers l'île Lacroix. Sous le pont, les eaux lourdes de la Seine s'étiraient lentement. Il descendit l'escalier et atteignit le petit bout de terre qui se dressait entre les deux rives du fleuve. Il s'arrêta devant la *Lyre*, un cabaret théâtre qui faisait aussi dancing. Il pénétra dans le vaste hall et se dirigea vers la buvette où le serveur le reconnut. Après une poignée de main virile, celui-ci sortit aussitôt une bouteille de fine.

– Ça va, Henri ?

– Comme ci, comme ça, monsieur Bouvier…

Il remplit deux petits verres et trinqua avec son ami commissaire, laissant la bouteille sur le zinc…

– On jouait une pièce ce soir… Mais ça n'a pas marché… Heureusement qu'il y a le dancing ! Sinon, je crois qu'on plierait boutique !

Le serveur faisait triste mine. Il reprit sa litanie.

– Dire qu'avant, c'était noir de monde ! Vous vous rappelez commissaire ? On a même eu Mistinguett ! Ah ! C'était quelque chose ! Maintenant on a un tourne-disque… Ou du jazz… Tu parles d'un spectacle ! Enfin… Je préférais lorgner les gambettes des *girls* de la Miss quand elles dansaient le cancan…

Bouvier acquiesçait en même temps qu'il descendait les petits verres que lui servait Henri. Il sentit une douce chaleur le pénétrer. Son regard se perdit sur le postérieur d'une petite rousse qui ne devait pas avoir les 21 printemps requis pour le remuer de la sorte dans ce type d'établissement. Il acheta des Gauloises à l'ouvreuse qui promenait son grand panier d'osier, salua quelques notables en goguette, fuma et but encore quelques verres, puis salua Henri, posa deux billets sur le comptoir et retourna goûter à la fraîcheur de la nuit. Au bout de cette île, entre ces deux rives, il hésita à lever l'ancre. Il parcourut le pont et monta dans son auto. Les mains sur le volant, il pleura quelques minutes.

Il avait aimé Clémence comme un amant, passionnément. Elle était apparue dans son bureau, un matin de mai 1926, alors qu'il était tout jeune inspecteur. Comme dans un film hollywoodien, elle lui expliqua être victime d'un odieux chantage. Un escroc détenait des photos embarrassantes, la montrant dans des poses suggestives… « Des photos d'art ! Je vous le jure, inspecteur ! » se défendait-elle, avec un sourire enjôleur. Elle expliqua qu'un étudiant des beaux-arts, un artiste très talentueux, les avait réalisées lors d'une soirée très « libre ». En ces années folles, ce terme conservait toute sa saveur. Ainsi, ces clichés déjà anciens avaient probablement été oubliés sur l'étagère d'un modeste atelier. Un aigrefin les avait retrouvés profitant qu'Oscar Pagèle soit en campagne électorale pour menacer de les publier dans une certaine presse.

Elle était belle, racée, Bouvier fut immédiatement subjugué. Il régla l'affaire rapidement. Avec le même empressement, ils devinrent amants, avant de se marier sept mois plus tard. Dès lors, Bouvier débarqua en terre inconnue, en haute bourgeoisie, il côtoya les plus parfaits spécimens de cette classe sociale que Clémence affectait exécrer, mais dont elle était le pur produit. Il tint son rôle, celui d'un être solide et discret, qui plut immédiatement à son beau-père. Mais sa vraie vie était ailleurs, avec celle qu'il considérait depuis toujours comme sa moitié : Suzanne. Elle lui apportait cet équilibre terrien, fait de tendresse et de prévenance qui lui permettait d'affronter les outrances que son métier lui offrait en pâture. Suzanne s'était émancipée de sa condition paysanne et cette bataille valait bien des révolutions de salons… Il l'aimait pour tout ce qu'elle était.

C'est alors qu'il façonna son erreur. Devenir l'amant de celle qu'il devait épouser et vivre avec une maîtresse qui le convoitait toujours comme un amoureux insaisissable.

Il songeait à tout cela, entre les deux rives du fleuve, sur ce bout de terre qu'on appelait île, sans savoir encore quel cap il devait prendre. Finalement, il démarra et vira à gauche.

Quand il arriva chez Suzanne, il était plus de minuit. Il poussa la grille de la maison, pénétra dans le jardinet et tambourina à la porte.

– Ouvre, Suzanne ! C'est moi ! Ouvre !

Suzanne l'aperçut à travers le volet.

– Tais-toi, Kléber ! J'arrive… Mais, tu es saoul ma parole !

Elle s'empressa d'enfiler sa robe de chambre, chercha ses pantoufles et ne les trouvant pas, mit une paire de souliers dont les talons résonnèrent dans le petit escalier. Bouvier cognait toujours, redoublant le vacarme qui avait fini par mettre tout le voisinage aux fenêtres. Des têtes se dessinaient à travers les carreaux des bâtisses aux briques rouges, recouvertes de la crasse que recrachaient les hauts-fourneaux. Ces maisonnettes, parfaitement identiques dans leur laideur, exprimaient toute l'authenticité du vilain cachet d'une rue ouvrière. Bouvier redoublait son tapage, un cheminot furieux se mit à gueuler :

– C'est pas bientôt fini oui ! Y en a qui se lèvent à 4 heures !

– De quoi tu t'plains ? Eh affreux ! T'es déjà debout ! Tiens écoute donc ça !

Bouvier sortit un sifflet à roulette de sa poche et se mit à souffler comme un diable !

– Trrr ! Attention le petit train va partir !

Il mimait les gestes d'un chef de gare et se remit à gueuler.

– Bon Dieu ! Suzanne ouvre !

La porte grinça, elle le saisit par la manche, le tirant violemment vers l'intérieur.

– Tais-toi donc ! Entre !

Il l'embrassa à pleine bouche. Elle se laissa faire, se renversant dans ses bras. Il l'étreignit, pleura longuement sur son épaule. Ils s'aimaient depuis leur plus jeune âge. S'ils n'avaient pas été cousins germains, ils se seraient mariés. Naturellement…

– Elle… elle s'est empoisonnée la nuit dernière !

– Quoi ? C'est grave ? Elle ne s'est tout de même pas…

Il lui fit signe que non et poursuivit :

– Tu te rends compte, Suzanne ? Elle voulait mourir…

– Vous vous êtes encore disputés ? À cause de moi…

– Je ne sais plus… Je… Je… Elle n'a pas le droit de faire ça ! Il y a Marianne…

– Calme-toi, Kléber ! Où est-elle à présent ?

– À l'hôpital ! Dans le service de mon ami Galien…

Il baissa la tête, en proie à un violent sanglot.

– Suzanne… Tu sais… Un instant… J'ai voulu qu'elle meure…

– Tais-toi ! Tu es ivre ! Monte te coucher… Allez…

Il l'embrassa encore, la serra si fort qu'elle étouffa entre ses bras. Il tituba dans l'étroit escalier, prenant garde cependant à ne pas heurter les innombrables bibelots qui parsemaient les murs. Il vacilla sur la dernière marche, se retint à la rampe tandis que sa tête frôla un cadre où il reconnut leurs visages.

Ils avaient 20 ans au lendemain de la Première Guerre. Ils étaient allés au Mont-Saint-Michel à bicyclette avec d'autres camarades. Tous deux rayonnaient devant le joyau de la Manche… Déjà amants…

Suzanne le poussa un peu et il alla s'étaler dans le lit. Elle le borda et s'allongea à ses côtés dans le peu de place qu'il lui laissa. Plusieurs fois, il prononça le nom de Clémence, s'agrippant au drap, le front en sueur. Il s'agita ainsi jusqu'au petit matin avant de sombrer dans un profond sommeil.

*
* *

Des gamins tournoyaient autour de son auto. Certains, perchés sur le marchepied, jouaient les bandits en cavale. Bouvier émergea parmi cette pègre de lilliputiens et dut froncer les sourcils pour déloger les caïds de la bande. Des bâtons dans les mains, ils mimaient les rafales de mitraillettes dont l'écho jaillissait dans leurs cris stridents. Il en était ainsi chaque jeudi, lorsqu'un rayon de soleil crevait les nuages charbonneux des usines voisines. Dans quelques jours, les plus gâtés du quartier grimperaient sur leurs bicyclettes en levant les bras au ciel lors d'un sprint final qui les mènerait au bout de la rue, imitant ainsi les forçats du Tour. Les plus agités scanderaient les noms de leurs coureurs favoris. Juillet passerait ainsi sur les briques rouges.

Chapitre 8

– Jacques… Jacques !
– Chut ! Qu'est-ce que tu veux ?
– J'ai froid…
– Tout le monde a froid !
– Et puis…
– Quoi ?
– J'ai fait pipi… Jacques… Tu le diras à personne, n'est-ce pas ?
– Je te jure que non… Pleure pas, petit frère… Pleure pas ! C'est bientôt fini…

Bouvier héla son adjoint et lui fit signe de le rejoindre dans la cour. Il était à peine 10 heures mais il faisait déjà une chaleur étouffante dans l'hôtel de police et les plantons suaient à grosses gouttes derrière les larges baies vitrées qui leur servaient d'abri. Poussin dégringola l'escalier de son pas lourd et arriva en sifflotant, les mains dans les poches. Son supérieur l'attendait, le veston rejeté sur son épaule.

– Je t'emmène à la cathédrale, fit Bouvier.

– On va à confesse ?

– Si tu y tiens ! Mais ça risque d'être long avec un païen de ton espèce… Sans blague, on va rejoindre Bisson que je viens d'appeler. Le temps qu'il prenne sa trousse et tout son petit barda et nous nous retrouvons devant le portail des Libraires.

L'inspecteur grimaça. Dès qu'il entendait prononcer le nom de Bisson, le médecin légiste, ça flairait le cadavre. Or, Poussin, avec sa tête d'ancien boxeur et son air renfrogné de vieux poulet, supportait toujours aussi mal la proximité des macchabées. Bouvier le savait et pensa qu'il ne le gâterait pas encore aujourd'hui, avec les huit petits nouveaux.

Mgr Glâtre et Étienne Langlois discutaient avec MM. Delourtine et Zuprieski, tous deux conservateurs au musée des antiquités de Rouen. Les quatre hommes observaient la crypte dont Langlois commentait chaque ouvrage avec maintes précisions, leur expliquant les différentes étapes de son assemblage. Le jeune architecte agissait avec la passion exubérante de sa fraîche expérience. Il était intarissable sur les différentes périodes de construction, relatant les anecdotes et les secrets de ce chef-d'œuvre de l'art roman. Monseigneur l'interrompit lorsque la discussion porta sur la vie qui animait jadis l'enceinte de cette cathédrale. Désignant les robes de bure, l'évêque cita les faits relatés dans les précieux manuscrits qu'il se plaisait à lire dans le silence monacal de la bibliothèque de l'archevêché, lorsque sa charge lui en laissait le temps.

– Des moines franciscains ont eu pendant très longtemps un accueil chaleureux ici à Rouen. Nombre d'entre eux laissèrent leurs vieilles bures pour d'autres que les tisserands de la ville leur offraient, certaines étaient conservées lorsque ceux qui les portaient avaient une renommée de sainteté. Ainsi, ces robes ont très certainement appartenu aux frères franciscains de l'abbaye des Récollets de Metz...

Bouvier surgit à cet instant.

– Que faites-vous tous ici, nom de Dieu ?

Glâtre se signa pour évacuer le juron.

– Commissaire Bouvier je présume ? Nous vous attendions, mon cher !

L'évêque et les deux fonctionnaires le saluèrent. Le jeune Langlois baissa la tête, visiblement mal à l'aise.

– Pardon, Monseigneur, je ne vous avais pas reconnu, je pensais que des ouvriers étaient redescendus... Mes respects, Monseigneur... Je regrette de vous rencontrer en pareilles circonstances... Aussi, je suis tout de même étonné de votre présence dans cette crypte, j'avais demandé à M. Samson de barricader l'entrée...

– Mon cher commissaire, poursuivit Glâtre, je suis au courant de votre visite de la veille. C'est d'ailleurs la raison pour laquelle nous sommes, ces messieurs et moi-même, tous réunis ici... Et... Je vous prie d'accepter par avance mes excuses pour toute cette histoire, dont le grotesque ne vous aura sans doute pas échappé.

Bouvier l'écoutait, perplexe, en arpentant la crypte. Il s'arrêta brusquement.

– Que s'est-il passé ? Le plafond s'est effondré ?

– Comment ? s'étonna l'évêque.

– Il y avait un trou, là, hier... Et un couloir... Au fond, il y a une pièce avec huit cadavres d'enfants !

Les trois hommes le regardèrent, interloqués. Langlois ne décollait plus le nez de ses chaussures.

– Quels cadavres d'enfants ? fit l'évêque en forçant son sourire.

– Comment ça, quels cadavres ?

Bouvier ramassa les robes de bure qui étaient étalées à même le sol. Quelques fragments d'os, dont un crâne, étaient exposés juste à côté.

– Les cadavres qui portaient ces défroques. Les corps putréfiés de huit gamins... Tous ligotés dans l'autre pièce.

Glâtre tenta une explication.

– Commissaire, encore une fois, je vous prie d'accepter mes excuses… M. Samson reconnaît lui-même qu'il s'agit d'une vilaine farce, à laquelle – et je m'en étonne – vous vous êtes laissé prendre… Des ouvriers ont cru bon jouer ce vilain tour, en déguisant les restes de ce squelette, retrouvé je ne sais où, avec une de ces bures qui sont conservées ici dans la crypte. Il s'agit là, je vous le concède, d'une sordide mascarade…

– Comment ? Mais je sais ce que j'ai vu ! Et cela n'a rien à voir avec cette… mise en scène !

Bouvier fit les cent pas, les mains croisées dans le dos. Son pouce commençait à battre la mesure, signe d'un profond agacement. Poussin pressentit une de ses colères qui ne tarderait pas à éclater et voulut tout de suite éteindre la mèche.

– Oui, patron ! C'est certainement ça… Une farce des ouvriers…

– Mais bien sûr ! Et moi, hier, j'ai dû boire un verre de trop, ou attraper un coup de soleil !

– Allons, allons, mon fils, reconnaissez votre méprise… reprit Glâtre sur un ton patelin. Ces lieux majestueux nous jouent parfois des tours… Votre imagination aura fait le reste… Je préfère mettre cela sur le compte de ce bon vieux soleil ! Il faut reconnaître que le Seigneur nous met à rude épreuve en ce début d'été…

Bouvier fixa l'évêque dans les yeux. Ce dernier soutint son regard, s'efforçant encore de sourire. Un sourire de défi. Pourtant, le commissaire perçut aussi de la crainte sous ce masque. Pourquoi voulait-il à ce point le contredire ? Qu'avait-il découvert hier, qui le mette dans une telle posture ?

– Je sais ce que j'ai vu… insista Bouvier.

C'est dans cette ambiance tendue que débarqua le légiste.

– Monseigneur, messieurs…

Bisson resta perplexe devant cette assemblée peu loquace, son salut lui fut à peine rendu.

– Hum ! Commissaire, je vous écoute… Où sont les corps ? demanda-t-il d'une voix neutre.

Bouvier s'abstint de toute réponse. Blême, il se dirigea vers l'escalier dont il s'empressa de grimper les marches.

– J'ai dit une bêtise ? s'enquit le légiste.

Poussin haussa les épaules tandis que Mgr Glâtre reprenait ses explications.

– Je suis vraiment navré pour votre supérieur... Il ne faut pas qu'il se vexe pour si peu. C'est vrai que ce squelette était accroché au pilier... Un mauvais éclairage, une imagination trop fertile et il aura sans doute déduit, trop hâtivement certes, à une scène de crime. Je vous le répète, c'est une mauvaise plaisanterie qu'auront faite les ouvriers. Je les sermonnerai ! Soyez-en sûr ! Lorsque leur contremaître m'a expliqué la venue de la police hier, je suis descendu voir immédiatement et j'ai découvert à mon tour cette pitrerie morbide... J'ai reconnu tout de suite les bures des Franciscains. Nous les conservons en principe dans des coffres spéciaux. Elles datent de l'Inquisition ! J'ai prévenu ces messieurs du musée pour attester de l'ancienneté de toutes ces reliques.

Poussin ne savait que penser. Il écoutait l'évêque, regardait les mines compassées des trois autres, tout en marchant vers l'endroit que Bouvier désigna comme étant un passage. Il distingua une aspérité dans le mur, remarqua des éboulis récents et des traces de balayage. Il regarda Bisson qui demeurait circonspect.

– En ce cas, je pense que je ne suis d'aucune utilité, fit le légiste.

– Attends, Bisson, je remonte avec toi.

Ils saluèrent les quatre hommes et montèrent les cinquante-sept marches, Poussin se cogna plusieurs fois dans l'étroitesse du goulot, il ressortit en pestant comme un putois.

Bouvier était juste à la sortie avec Samson. L'inspecteur et le légiste entendirent leurs éclats de voix.

– Puisque je vous dis que je n'y ai pas mis les pieds dans votre foutue crypte !

Samson paraissait excédé par l'ampleur que prenait toute cette histoire. Bouvier fumait furieusement les cigarettes du contremaître.

– Alors qui est descendu ?

– Langlois ! C'est lui qui nous a fait ouvrir le mur pour accéder à l'escalier. On a percé une poche de ciment sur son ordre et quand il y a eu assez large pour passer, il s'est engouffré et s'est rué dans l'escalier. Il est resté là-dessous deux bonnes heures et puis, quand il est remonté, il était tout décomposé, il nous a dit qu'il avait fait une découverte… Que c'était grave… Il m'a ordonné d'aller vous voir. Moi, je ne voulais pas ! Je savais que c'était une ânerie… Qu'il fallait plutôt appeler le musée… La preuve !

Bouvier ne tenait plus en place, il tournait en rond, ruminant quelques jurons. Il arracha de nouveau le paquet de Gauloises des mains du contremaître et peina à craquer l'allumette.

– Ça va, Kléber ? risqua Poussin.

– Ça va ? Ça va ? Tu ne vas pas t'y mettre toi aussi ? Qu'est-ce que vous avez tous ? Dites tout de suite que je suis fou !

– Sans aller jusque-là… Simplement, tu t'es peut-être trompé et tu auras tiré des déductions trop hâtives…

– Des déductions trop hâtives… Je t'en foutrais moi des déductions trop hâtives ! Je te dis que j'ai vu huit gosses dans une pièce au fond de cette crypte ! Huit gamins ligotés et très certainement morts de froid et de faim ! Huit gamins vêtus comme des moines !

L'air dubitatif de son inspecteur décupla sa colère.

– Mais bon sang de bon sang ! Quand Glâtre parle de mascarade, c'est aujourd'hui qu'elle a lieu ! Oui ! Cette pantomime avec ce squelette et ces trois bouts de chiffon… Ce n'est pas ce que j'ai vu hier !

Il pesta encore, fit de nouveau quelques pas, fuma une autre cigarette, puis revint à la charge.

– Tiens ! Vise un peu ça !

Bouvier fouilla dans ses poches, sortit son portefeuille dont il tira le médaillon. Il le tendit à l'inspecteur.

– Regarde !

Poussin mis la médaille dans sa grosse paluche, la scruta quelques secondes puis la rendit à son propriétaire.

– C'est une médaille de la Vierge, puis après ?

– Non môssieur ! Ce n'est pas une Vierge, c'est sainte Thérèse de Lisieux !

– Oh pardon ! Et alors ?

– Et alors ? Sainte Thérèse est morte au début du siècle, on l'a canonisée dans les années vingt et on a fabriqué ces médailles en alliage de fer-blanc pendant la guerre… Tu me suis ? Ma mère en a acheté une identique pour la communion de Marianne en 1943 !

Poussin se gratta le crâne, faisant un effort pour suivre le raisonnement de son chef.

– J'ai retrouvé cette breloque autour du cou d'un des gamins, poursuivit Bouvier, ils portaient tous la même médaille ! C'est pour ça que je t'ai fait venir ! Ces cadavres ne datent pas du Moyen Âge ! Ces huit gosses sont morts il y a une dizaine d'années tout au plus… Alors ? Elles sont toujours hâtives mes déductions ?

Bisson comprenait enfin le dilemme, mais son esprit cartésien le poussa à poser la question qui s'imposait.

– Mais où sont-ils tes huit squelettes ?

– Toujours à la même place au fond de la crypte, sauf que quelqu'un a fait en sorte d'en condamner l'accès…

– C'est Glâtre, souffla Samson.

Bouvier, qui avait retrouvé son calme, acquiesça tandis qu'il rendit le paquet de pipes au contremaître, promettant de lui en acheter deux à sa prochaine visite.

– Parce que vous allez revenir ? s'étonna l'ouvrier.

– Pardi !

Au même instant, l'évêque sortit, suivi de l'architecte et des deux conservateurs. Tous quatre filèrent vers l'évêché sans plus attendre, sous l'œil noir du commissaire qui serra de nouveau les dents.

Sur le chemin du retour, les deux policiers et le légiste déambulaient mollement, leurs vestons rejetés sur les épaules tant la chaleur devenait suffocante. Une soif soudaine leur imposa une halte salutaire à une terrasse place Saint-Marc, ils commandèrent trois bières qu'une serveuse boulotte déposa sur leur table avec un large sourire. Ils savourèrent la douceur de la mousse en silence, quand

Poussin brisa la pause estivale par une remarque frappée du bon sens.

– Les médailles ont probablement été déposées bien après leur mort…

Pour ce qui est de frapper, l'ex-boxeur avait toujours de la ressource ! Son bon sens, tel un uppercut, sonna son chef. Bouvier faillit en recracher le houblon dans sa chope. Dans son obstination, il avait omis cette simple hypothèse. Mais bien sûr ! Quelqu'un aura déposé les médaillons autour des cous de ces vieilles reliques bien après leur mort, c'était aussi simple que cela. On retombait de plain-pied dans la galéjade. Le ridicule lui monta aux joues.

– J'ai l'air fin… murmura-t-il piteusement.

– Non, répondit le légiste, d'après ce que j'ai vu de cette médaille, elle est rouillée et recouverte de salpêtre mais il y a autre chose… J'aimerais y jeter un coup d'œil, si tu le permets, commissaire…

Bouvier, désabusé et encore confus par sa stupide méprise, lui remit la chaînette sans plus de conviction. Bisson l'examina d'abord à l'œil nu, puis il fouilla dans sa trousse, en retira une grosse loupe et observa méticuleusement les bords que l'ongle de Bouvier avait épargnés. Il plongea de nouveau sa main dans sa sacoche, sortit une petite boîte et y déposa l'objet avec soin.

– Je vais faire des analyses, mais si c'est ce que je pense… Tu le tiens peut-être ton crime, mon bon Kléber.

Bouvier hésita à se satisfaire de cette supposition, on ne pouvait décemment pas se réjouir de la véracité des meurtres de huit pauvres gosses.

– Mais bon Dieu ! Si c'est vrai, quel monstre a pu perpétrer un tel massacre ? murmura Bouvier.

– Et comment se fait-il que personne ne s'en soit aperçu ? observa Poussin, décidément très en verve.

Sa pertinence résonna comme le coup de gong. Fin du round ! Ils finirent leurs bières comme ils les avaient enta-mées, en silence.

Chapitre 9

Un tuyau et d'étranges fils électriques reliaient son visage et sa poitrine à une machine grise qui retranscrivait, à l'encre noire, chaque once de vie sur un long rouleau de papier quadrillé. Bouvier écarta le voile qui entourait le lit et embrassa Clémence sur le front, il crut déceler un léger frémissement sur ses paupières. Le Dr Galien accompagnait son ami, tâchant de lui apporter son soutien afin qu'il ne traversât pas seul ces instants douloureux.

– Elle a fait un arrêt cardiaque ce midi, lui indiqua le médecin, nous avons tout fait pour que le cœur reparte et, ma foi, nous avons réussi... Le cœur bat, mais pour le reste...

– Cela durera combien de temps ?

– Je ne puis m'exprimer sans risquer de me tromper... De te faire espérer, ou au contraire, de te mortifier plus encore... Son coma est profond certes, mais pas irréversible... Il faut attendre... Courage mon vieux... fit Galien en se retirant.

Bouvier tenait toujours son bouquet à la main. Il hésita, par dépit, à le flanquer dans la corbeille, puis se ravisa et trouva un pot très laid qu'il remplit d'eau tiède. Il tenta d'arranger le bouquet pour donner un peu de couleur à tout ce gris. Le soleil se couchait et ses derniers rayons se reflétèrent sur les iris. Il regarda sa femme, son visage semblait si paisible. Il écarta le voile et s'assit au bord du lit, prit sa main, puis, lentement il s'avança vers elle, l'enlaça et la serra tout contre lui en la couvrant de baisers. Ils restèrent un long moment, tous deux immobiles sous ce nuage de gaze, où d'étranges stylets consignaient minutieusement leur étreinte.

– Pardon, Clémence... Pardon... murmura-t-il.

Il espérait qu'elle lui réponde, qu'elle se manifeste à son tour, qu'elle lui rende ses baisers, pour lui pardonner enfin toutes ces années de tourments et de mensonges... Mais son corps restait inerte, seul son souffle se fit plus haletant. Il la reposa doucement, quitta la chambre, se hâta dans les couloirs sans rendre leurs saluts aux infirmières.

En passant devant la cabine du taxiphone, il songea à appeler Marianne, mais y renonça, sa peine était trop intime pour la partager avec quiconque, même avec sa fille. Il décida de rentrer au bureau. Il installerait le lit de camp… Une nuit de plus au poste…

Chapitre 10

Étienne Langlois se tordait les mains avec la nervosité d'une fille. Ses longs doigts au bout de ses bras maigres s'entremêlaient, ne stoppant leurs douloureuses étreintes que pour réajuster ses grosses lunettes d'écaille qui amplifiaient les saillies de son visage anguleux. Sur sa chemise, que son corps frêle ne parvenait pas à remplir tout à fait, on distinguait deux auréoles aux aisselles. Il avait soigneusement plié son veston, l'avait posé près de lui sur le banc dont il occupait l'extrémité. Cela faisait plus d'une demi-heure qu'il subissait cette tension dans la chaleur du couloir de l'archevêché où de grandes fenêtres accueillaient un soleil déjà haut. Soudain une porte s'entrouvrit, Glâtre lui fit un signe de tête, l'invitant à le suivre. L'évêque s'assit à son bureau, rangea quelques papiers, s'attarda sur la lecture d'une missive, puis regarda le jeune architecte droit dans les yeux.

– Mon jeune ami, je ne sais par quel dessein vous êtes animé… Mais je vous prie de vous abstenir, à l'avenir, de prendre ce genre d'initiative pour le moins saugrenue…

Langlois était assis devant lui, la tête basse, l'évêque crut percevoir une larme, que ses longs doigts essuyèrent furtivement.

– C'est vous qui avez ôté les étais pour que le plafond s'écroule, n'est-ce pas ? finit par lâcher l'architecte.

– Peu importe ! Ce qui compte, c'est que les travaux soient menés à bien… Le président Coty et Armando di

Gioggi, nonce apostolique, arrivent dans moins d'un mois pour apprécier la restauration de notre cathédrale et envisager des financements communs pour la poursuite des travaux... Je ne veux en aucun cas que cet évènement soit assombri par vos sinistres turpitudes ! Suis-je clair ?

– Comment pouvez-vous être aussi dur ? Vous saviez n'est-ce pas ? Vous saviez qu'ils étaient encore là ?

– Laissez-les en paix et retournez à vos occupations premières ! Si vous n'y parvenez pas, vous me verrez contraint d'en alerter vos supérieurs...

– Vous êtes un monstre !

– Et vous, jeune homme... êtes-vous sans reproche ? Je suis au confessionnal cet après-midi à 4 heures... Si je me dois de faire taire l'homme, je suis disposé à entendre son cœur...

Langlois bondit de sa chaise, prêt à se jeter sur l'ecclésiastique, mais il resta interdit et battit en retraite, faisant claquer la lourde porte doublée de moleskine des appartements de Glâtre. Il dévala l'escalier, courut dans les jardins de l'archevêché et prolongea sa fuite parmi les rues étroites de la ville. Il ne savait où aller, courait à en perdre haleine, il ne voulait plus voir cette cathédrale. Or, sa flèche dominait toute la ville. Il la sentait comme plantée dans son dos. Soudain, il se décida. Il remonta la rue Jeanne-d'Arc, jusqu'au palais de justice, longea le bureau de poste et tourna à gauche, rue des Bons-Enfants. Arrivé au 34, devant un minuscule immeuble, il toqua à la porte vitrée. Une femme, qui aurait pu être sa mère, lui ouvrit. Il s'engouffra dans le minuscule réduit et éclata en sanglots en s'asseyant à la table où des épluchures de pommes de terre maculaient la toile cirée. La maîtresse de maison referma derrière lui.

Chapitre 11

Bouvier remit un peu d'alcool et alluma la mèche. Une flamme paresseuse lécha la boule de Pyrex. L'eau ne tarderait pas à frémir, qui se colorerait d'un teint de veuve dans la sphère supérieure. Il versa et but lentement le précieux breuvage, allait en prendre une autre tasse quand Legendre fit irruption dans son bureau. Bien sûr, il avait frappé avant d'entrer, mais Bouvier était dans le cirage et ses sens encore sur l'oreiller.

– Ah je vois ! fit le directeur appréciant le réveil laborieux de son officier.

Bouvier lui fit un vague signe de tête et, sans plus se préoccuper de son supérieur, se servit son deuxième jus.

– Bien dormi, Bouvier ? demanda Legendre d'un ton ironique, tandis que le commissaire avalait son café bruyamment.

– Je présume que vous êtes sur une affaire importante, poursuivit-il sur le même ton, pour qu'elle vous retienne toute la nuit à votre bureau...

Legendre fit les cent pas, cherchant une meilleure posture pour attaquer.

– Certainement le casse des usines Bertin ? Ah ! Mais non, suis-je bête ! Vous avez confié l'affaire à Grandjeau... Sans m'en avertir d'ailleurs.

Legendre alternait questions et réponses à chaque demi-tour tandis qu'il arpentait le plancher de ses petits pas nerveux.

– Ce doit être le plan de sécurité pour la venue de Coty ? Là encore, vous m'étonneriez, car je viens d'avoir le préfet au bout de fil et il attend toujours votre rapport !

Il s'arrêta net et porta l'estocade.

– Par contre, il m'a relaté vos exploits abracadabrantesques à la cathédrale, qui, paraît-il, ont bien fait rire ces messieurs du musée... Monseigneur, lui, dans sa bienveillance, préfère parler de méprise, de nervosité passagère due, sans doute, du moins le croit-il, à une surcharge de travail… Je partage son avis… Aussi, je vous propose de prendre un peu de repos…

Bouvier ne réagissait pas, malgré une troisième tasse d'un café opaque, rien de ce que disait son directeur ne semblait l'effleurer. Il restait assis, regardant son supérieur en trempant ses lèvres dans son bol comme l'animal va à l'abreuvoir. Alors Legendre tenta un autre registre.

– Bon ! Je vois que j'aboie dans le vide n'est-ce pas… Bien souvent le ridicule fait place à l'ingratitude dans ma fonction… Aussi, c'est à l'homme que je m'adresse, loin de toutes ces stupides considérations hiérarchiques…

Il se retourna, prit une mine compassée… À cette minute le théâtre possédait son meilleur tragédien… Il fit de nouveau face à Bouvier et posa les mains sur son bureau.

– J'ai appris pour votre femme, mon vieux, et…

– Ah non, pas ce refrain-là, hein !

Bouvier se leva et alla à la fenêtre, faisant claquer son pouce dans sa paume.

– Remarquez, vous avez raison, Legendre… Je ne suis plus bon à rien… Vous rêvez de me voir partir, eh bien… je pars… je m'en vais… Je touche ma retraite et avec mes deux pensions, je devrais m'en tirer. Surtout si ma femme casse sa pipe plus tôt que prévu… Alors là… J'hérite… C'est le ticket plein de la loterie ! Toute la fortune des Pagèle dans ma poche… Pensez donc ! Je pourrai prendre tout le repos que je veux… Je pourrai me foutre de votre gueule, de celles du préfet, de Coty et consorts ! Mesdames, messieurs, je brade le tout ! Je fais un lot ! Je me fous de la patrie dans son ensemble et de tous ses représentants dans leurs fondements !

Il alluma une cigarette, savourant la première bouffée.

– À la patrie reconnaissante ! reprit-il en ricanant. Bah merde alors ! Un pays où on montre son poitrail pour y prendre du plomb et son fion pour y fourrer la pommade… Merci bien ! Et tout ça en musique… Sonnez clairon, descendez braguette… Avec les honneurs et la poignée de main du ministre… Et quel ministre ! Legendre, cette France-là, je vous la laisse… Je n'ai plus rien à y foutre… Je suis ancien combattant, militant socialiste et rentier… Pour ainsi dire intouchable… Je vais m'en aller et vous viendrez me décorer pour mes bons et loyaux services devant tous les petits copains… On se fera une belle accolade et j'écouterai poliment votre discours… N'est-ce pas, Legendre ? Vous comprenez à présent ? Je suis libre.

Bouvier ne se réjouissait même pas du spectacle que lui offrait son supérieur en recevant chaque mot comme autant de crochets au menton. Le commissaire ne retenait pas ses coups, mais il cognait sans plaisir.

– Je penserai aux bonnes œuvres de la police, soyez-en assuré, cher ami… fit-il en écrasant son mégot.

– Je ne sais à quel jeu vous jouez, Bouvier, s'offusqua Legendre, mais je trouve vos propos stupides et grossiers, cela ne vous ressemble pas ! Ils confirment cependant votre inaptitude, que je souhaite temporaire, à remplir correctement vos fonctions… Vous êtes en vacances, Bouvier. C'est un ordre ! Aussi je vous conseille de vous reposer et de veiller sur la santé de votre femme. Sur l'heure !

La voix de Legendre porta jusque dans les couloirs que les inspecteurs se dépêchaient de fuir à grands pas de peur d'en prendre pour leur grade quand leur directeur sortirait du bureau. Mais Bouvier n'en avait cure, il persistait.

– Non, monsieur le directeur ! Je partirai, soit… Mais pas avant de boucler cette affaire de la cathédrale… Je veux avoir la peau du ou des monstres qui ont perpétré les meurtres de huit gosses…

– Mais enfin, vous n'allez pas vous enfoncer dans vos élucubrations tout de même ! M. Delourtine, conservateur au Musée des antiquités, m'a affirmé que ces reliques dataient du Moyen Âge. Vous n'êtes pas inquisiteur, que je sache !

Bouvier écrasa le paquet de cigarettes vide, en chercha un autre dans ses tiroirs et, trouvant enfin de quoi fumer, se renversa dans son fauteuil.

– Dites donc, Legendre ! Ça en fait du monde au téléphone pour cette prétendue farce ! Le préfet, le conservateur, très certainement l'évêque…

– C'est ça ! Criez au complot ! Toutes les personnalités que vous citez ont peut-être à cœur, elles, d'accueillir notre président dans les meilleures conditions ! Je vous rappelle que ces conditions dépendent également de votre collaboration. On attend de vous un rapport complet et détaillé sur la sécurisation du parcours, assurant sa protection et celle des différentes sommités conviées à cet évènement. Le prestige et la renommée de la ville sont en jeu. Le préfet demande un plan des différents dispositifs, que vous, commissaire Bouvier, devez mettre en place ! Où est ce plan je vous prie ? Nulle part ! Qu'avons-nous à la place ? Une histoire de fantômes… Ah, c'est à se tordre ! Oui, je pense que vous avez besoin de repos mon vieux. Je ferais appel à Grandjeau pour vous remplacer le temps qu'il faudra.

– Et si je vous apporte la preuve…

– Bonnes vacances, Bouvier !

Le directeur claqua la porte et disparut dans les couloirs de l'ancienne cavalerie. Bouvier continua de fumer devant la fenêtre, contemplant le lit de la Seine où ronflaient les lourds moteurs d'un remorqueur qui en remontait le courant. Au coin du boulevard, des peintres se hissaient sur leurs échafaudages en barbouillant la façade de couleurs vives. On voyait apparaître les grosses lettres d'une réclame vantant les bienfaits des lubrifiants Mobil.

Il se sentait ridicule. Son numéro de franc-tireur avait lamentablement échoué. Il avait la désagréable impression de dégringoler chaque jour quelques marches de plus. Ainsi, son prestige, ses titres, sa carrière s'évanouissaient aux yeux de sa hiérarchie, tous préoccupés d'accueillir un bien pâle président du Conseil. Il gênait. Il se trouva si vieux, si inutile à cet instant, qu'il se mit à rire à gorge déployée. Il savait que bientôt, il deviendrait une sorte de mistigri, de triste sire, que l'on pousserait vers la sortie. Il se vit alors, promenant la petite chaise de sa femme dans les jardins publics, saluant çà et là les quelques notables aux mines apitoyées, admirant le courage et l'abnégation de l'ancien commissaire. Le dimanche, ils déambuleraient tous deux ainsi, dans les allées du cimetière. Il arrangerait les pots de fleurs et enlèverait les mauvaises herbes, essuierait la photo de Marc avec son mouchoir, parlerait haut à sa femme, qui opinerait du chef dans un mouvement irrépressible, le regard absent. Elles seront longues les vacances…

Combien de temps resta-t-il ainsi à la fenêtre? Les peintres étaient redescendus depuis longtemps. Il tirait la dernière cigarette de son paquet lorsque de lourds nuages obscurcirent le ciel. De grosses gouttes encore éparses s'écrasèrent sur le bitume chaud. Une odeur caractéristique s'en exhala. Il sortit et dévala l'escalier sans se préoccuper du va-et-vient de la grande maison. Il marcha sous la pluie drue, arpentant les rues soudainement boueuses, son veston se liquéfiant sur ses épaules. Il déambula sur les trottoirs où quelques rares silhouettes couraient en évitant les plus larges flaques. Ses pas s'affranchirent du hasard, ils s'arrêtèrent lorsque se dessina devant lui la masse grise de la cathédrale, découpant ses dentelles dans le noir du ciel. Il parvint au portail des Libraires, entra sous la voûte et poussa les doubles battants de l'édifice. Une faune disparate s'ébrouait devant le bénitier. Plus loin, des ouvriers gesticulaient. Perchés sur un immense échafaudage, ils tentaient de dresser une large bâche censée empêcher l'averse de pénétrer le saint lieu. Une porte grinça au fond de l'allée, une vieille dame, le visage pénétré par la contrition, s'échappait du confessionnal, égrenant déjà fébrilement son chapelet, espérant sans doute une rédemption plus précoce. La petite porte du confessionnal couina de nouveau, une tête calottée apparut, Bouvier reconnut l'évêque. Bien que trempé jusqu'aux os, le commissaire se dirigea d'un pas vif vers la cabane à palabres. Il s'engouffra dans l'étroit placard et tira le drap de velours rouge et noir qui achevait de confiner le lieu. Là, dans l'obscurité, il planta sa tête devant la grille. Il entrevit le regard de l'évêque, persuadé que ce dernier eut un léger mouvement de recul.

– Je vous écoute, mon fils…
– Je…
– Vous avez omis de vous signer… murmura l'évêque.

Bouvier s'exécuta promptement, un reste d'enfant de chœur docile surgit de ses entrailles. Il inclina sa tête et fit le signe de croix comme un automate. Il sentit le regard de Glâtre appuyer chacun de ses gestes.

– Je ne suis pas venu me confesser…

– Pourtant vous êtes là…

– Vous m'avez reconnu, n'est-ce pas ?

– Vous êtes un enfant du Seigneur, lui seul vous connaît…

– Il n'y aura pas d'enquête… Vous avez tout fait pour qu'il en soit ainsi… Je voudrais en connaître la raison. Qu'est-il arrivé à ces huit gosses ?

Pour toute réponse, il obtint un silence obstiné. Il insista cependant.

– Répondez-moi, Monseigneur…

Un petit voile obstrua la grille. On entendit de nouveau la porte grincer dans la vaste enceinte où s'évanouirent les pas feutrés de l'évêque.

Sa robe blanche disparut subitement à travers une porte dérobée dans les boyaux pierreux de l'édifice. Bouvier continuait de dégouliner dans le confessionnal, un frisson parcourut tout son être.

Chapitre 12

– *Jacques tu m'entends ?*

– *Oui…*

– *Ils vont revenir n'est-ce pas ?*

– *Oui…*

– *J'ai mal… J'ai si mal… Au secours ! Au secours ! Revenez !*

– *On peut bien tous gueuler, personne ne nous entendra…*

– *Dis pas ça, Roger… Dis pas ça…*

– *Je veux voir ma maman… Maman ! Maman !*

– Maman !
– Maman ! Maman !

– Tu veux de la chicorée ?

Étienne secoua la tête et elle lui servit son bol. Il était plus de 11 heures, pourtant elle alluma le bouton de la lampe. Une pâle lumière peinait à attrister plus encore la petite pièce. Assis tous deux devant leur bout de toile cirée, ils regardaient les silhouettes passer à travers les vitres dépolies sans y porter la moindre attention. Le fracas d'un camion heurta cependant leur morne quiétude, le rugissement du moteur fit trembler toute la bâtisse. On manquait d'air dans ce réduit qui sentait le lit et le pain rassis.

– Je reprends à 2 heures, tu comptes sortir ?

Il secoua de nouveau la tête.

– Dans ce cas, tu trouveras une part de gratin dans le garde-manger et puis il y a un reste de haricots dans la casserole.

Ils burent en silence, leurs regards perdus sur les carreaux sales. Elle débarrassa rapidement la table, mit les bols dans l'évier et alla dans la cour tirer un broc d'eau. Elle traînait ses savates sur le pavé dans un crissement singulier qui trahissait une légère claudication. Elle se rassit à ses côtés, prit sa main entre les siennes et la porta à sa joue.

– Parle-moi encore de lui, veux-tu ?

Les yeux d'Étienne Langlois se troublèrent, ses lèvres se mirent à trembler. Il chercha parmi ses souvenirs les morceaux de choix qu'il pourrait lui servir. Elle l'écouta les yeux clos.

Chapitre 13

Bisson salua Poussin puis se dirigea vers le bureau du commissaire.

– Il n'est pas là! prévint l'inspecteur.

– Ah?

– Il est en « vacances »…

– Eh bien, quand il rentrera, il aura du pain sur la planche. J'ai fait les analyses du médaillon et elles confirment ce que je pensais l'autre jour.

– C'est-à-dire? s'enquit Poussin.

– Si ces gosses existent vraiment, leur mort remonte à une dizaine d'années tout au plus. J'ai prélevé des morceaux de peau sur le métal et leur décomposition est contemporaine à la rouille qui s'y est fixée.

– Merde alors! Tu parles d'une histoire… Mais enfin, huit gosses disparaissent et personne n'en aurait parlé! Personne n'aurait donné l'alerte? Aucun parent?

– Tu as raison, c'est incompréhensible… Une cathédrale, ce n'est tout de même pas banal comme lieu du crime. Et les propriétaires ne seront pas très jouasses à l'idée d'une enquête. Surtout s'ils attendent les sous de Coty pour continuer les travaux… Oui, ça va être coton comme enquête…

– C'est là que tu te goures! Il n'y a pas d'enquête… fit Poussin dépité.

– Comment ça? Il n'a pas réussi à persuader votre chef de poursuivre l'affaire?

– Tu parles de Legendre? Ah! *On* l'a surtout persuadé du contraire… Le préfet, l'évêque, les types du musée… Ils ont tous téléphoné à son bureau dans le quart d'heure qui a suivi notre visite pour le dissuader de poursuivre toute investigation à ce sujet. Il n'y a pas de cadavre, donc pas d'enquête! Et puis, tu as raison, avec la visite de Coty dans un mois… Surtout pas de vague, pas de scandale! Et le plus dégueulasse, c'est qu'on le prend pour un cinoque…

Les deux hommes connaissaient suffisamment la boutique pour comprendre que ça sentait la remise.

– Il est parti en rogne hier, poursuivit Poussin, pas étonnant ! J'aurais bien voulu en discuter avec lui mais j'étais en planque toute la journée…

Bisson tendit les quelques feuillets de son rapport et la petite boîte contenant le médaillon à l'inspecteur.

– Donne-lui à son retour, peut-être qu'ils l'écouteront plus attentivement lorsque Coty aura déguerpi…

– Peut-être… Merci vieux.

Le légiste salua l'inspecteur et se retira. Poussin ouvrit le couvercle, contempla le médaillon et resta songeur un instant.

Qu'adviendrait-il si son vieux complice raccrochait les gants subitement, comme le laissaient supposer les bruits de couloir ? À cette idée, il se sentit désemparé. Certainement qu'il obtiendrait une promotion, ce serait son tour de diriger la brigade. Il en avait toutes les capacités, mais n'en avait jamais eu l'ambition. Tout au long de sa carrière, il avait fait ce choix de suivre le sillon tracé par son copain. Sous la puissante carrure d'ancien boxeur, qu'il continuait d'entretenir régulièrement au gymnase, on devinait un homme délicat, capable de dénouer des situations complexes sans le moindre excès d'humeur. De Bouvier, on louait la sagacité, mais on déplorait également le caractère ombrageux, l'entêtement et les sourdes colères. Poussin parvenait à contenir les débordements de son chef et s'arrangeait à les canaliser vers une réflexion plus accrue. Il se sentirait bien seul à l'avenir sur ce tandem et hésiterait certainement à en prendre le guidon.

Chapitre 14

– Jacques, moi je ne voulais pas communier, et toi ?

– Moi non plus, mais on est bien obligés…

– J'aime pas ça, les communions… Pourquoi ils nous font du mal ? Réponds-moi, Jacques ! Pourquoi ils nous font du mal ?

– Je ne sais pas…

– C'est ça, une communion ? Pourquoi parlent-ils de Satan ? Papa nous disait que le diable s'emparait de la Terre… C'est donc vrai ?

– Chut ! J'entends des pas ! C'est eux ! Je les reconnais ! Taisez-vous tous ! Ou bien nous sommes morts !

Marius Pradoux tentait d'empiler un sommier aux ressorts rouillés au sommet d'une pyramide hétéroclite, constituée d'objets tous plus délabrés les uns que les autres. Il se tenait en équilibre sur le cadre d'un vieux vélo, bandant tous ses muscles, les bras tendus à l'extrême pour parvenir à ses fins. Peine perdue, le tas de ferraille dévissa de son Everest pour aller s'écraser dans le peu d'espace vierge que lui réservait l'endroit. Cela déclencha les vociférations du pauvre hère qui sauta lestement vers la terre ferme, prêt à rééditer la manœuvre. Dans la cour, un voisin qui regardait le spectacle de sa fenêtre se mit à rire, ce qui décupla les cris de rage du ferrailleur.

– Ferme ta gueule, Sabatini, ou je viens t'en coller une ! Fumier de rital ! cria-t-il sur son tas de rouille.

Au même instant, quelqu'un pénétra dans la cour et s'adressa au clown rageur.

– Monsieur Hoffman ?

L'homme se retourna, dévisagea l'intrus en costume et loucha sur la grosse croix qu'il portait à son cou. Le curé avait osé pénétrer dans son antre sans prévenir !

– Quoi ? Qu'est-ce tu veux, toi ? Me vendre une bible ? Allez décarre ! Ouste !

– Je cherche M. Hoffman…

– Bah c'est pas ici que tu le trouveras ! Allez, décampe, je te dis ! C'est pas le moment de me foutre sur les nerfs !

Le visiteur s'en retourna, traversant le porche crasseux, rasant la charrette de bric-à-brac qui l'encombrait, puis remonta une ruelle sombre et déboucha sur la place Saint-Vivien. Alors qu'il s'apprêtait à traverser la rue, une voix aiguë l'interpella.

– Monseigneur ! Monseigneur !

Une femme, toute de bleu vêtue, se précipita vers l'évêque. Son chignon compliqué tressautait à chacun de ses pas.

– Monseigneur, je suis ravie de vous voir ! Mais que faites-vous ainsi en costume de ville ? Vous profitez du soleil radieux que nous offre notre Seigneur pour vous promener dans notre bonne paroisse ?

– En effet... Comment allez-vous mademoiselle Bataille ?

– Parfaitement ! Grâce à vos prières, Monseigneur !

– Vous habitez toujours le quartier ? Rue Armand-Carrel, il me semble...

– Bien sûr !

– À ce propos... Vous souvenez-vous d'un menuisier qui habitait rue du Général-Sarrail ? M. Hoffman...

Elle réfléchit un instant puis son regard s'éclaira.

– Oui, les Hoffman ! Ils étaient installés à la place du fer-railleur. Oh ! Quel regret qu'ils soient partis ! Je ne devrais pas dire cela mais, ce brocanteur est un mauvais homme. Un ours des cavernes ! Oh, pardonnez-moi ce langage et ces vilaines pensées, Monseigneur.

– Devrais-je vous avouer que je partage ce sentiment, l'ayant vu dans sa tanière à l'instant...

Mlle Bataille gloussa puis revint à ses souvenirs.

– M. Hoffman était ébéniste ! Un artisan de premier ordre. Je me souviens bien de lui, un homme un peu roux qui travaillait du matin au soir. Sa femme était une petite noiraude très boulotte qui passait sa vie dans sa cuisine. Ils avaient trois enfants si ma mémoire est bonne. Une grande fille et deux garçons très espiègles, qui s'appelaient Jacques et Jean-Louis... Je m'en souviens car la maman s'époumonait en les appelant pour qu'ils viennent à table. Leur cour donnait sur mon immeuble… Enfin, je préférais les cris de Mme Hoffman aux jurons de Pradoux avec son bric-à-brac ! En plus de sa grossièreté, nous avons droit au déballage quotidien de son bazar à puces. Il était concierge avant-guerre et puis il a racheté l'atelier et le logement des Hoffman à leur départ. Je ne me rappelle plus très bien si c'était pendant ou juste après-guerre… Mais je dois vous barber avec toutes mes histoires. Je sais, je suis une incorrigible pipelette !

– Non, au contraire, mademoiselle Bataille. Vous ne les avez jamais revus ?

– Les Hoffman ? Non, jamais. Pourquoi vous intéressez-vous à eux ?

Glâtre fut troublé un instant, cherchant un prétexte le tenant hors du mensonge.

– Je les ai connus dans le temps et suis surpris aujourd'hui de ne plus voir leur échoppe… Le temps passe, ainsi que les gens… Reste les souvenirs… Et l'Éternel nous attend… Que Dieu vous bénisse…

– Amen… À dimanche, Monseigneur !

Glâtre tira son petit calepin de sa poche et y raya le nom et l'adresse de l'ébéniste.

Chapitre 15

Suzanne le regardait dormir. Elle caressa doucement ses cheveux noirs qui commençaient seulement à se griser sur les tempes. Son visage, que le sommeil apaisait totalement, conservait des traits juvéniles, malgré un sillon prononcé qui creusait son front. Quelques kilos, qu'on ne pouvait guère juger superflus, avaient fini par trouver leur adresse définitive, lui offrant l'aplomb qui lui avait manqué dans sa jeunesse. Elle l'aimait d'un amour brut, inné. Ils étaient cousins germains et furent élevés ensemble dans la même ferme près d'Envermeu. L'exploitation, si on considère en ces termes les quatre murs en torchis, la douzaine de vaches et les quelques arpents de terre qui suffisaient tout juste à donner le fourrage, appartenait aux sœurs Destouches, Ernestine et Madeleine, qui avaient trouvé pour maris deux ouvriers agricoles qui louaient leurs bras au moment des moissons, Fernand Bouvier et Jean Canu. Tous quatre partagèrent les murs et les tâches harassantes de la ferme. Ernestine eut quatre filles, au grand désespoir de Jean tandis que Madeleine mit au monde deux fils, des jumeaux, dont la délivrance fut si douloureuse que l'accoucheuse du village prévint la maman qu'elle ne pourrait plus guère en espérer d'autres. Ainsi, Louis et Kléber apportèrent très tôt leur lot de sueur à l'étable et aux champs. Toujours accompagnés de Suzanne, l'aînée des Canu. Rapidement, Suzanne et Kléber furent inséparables. Cet attachement fut si fort qu'il se tissa au détriment des liens fraternels, réputés profonds lorsqu'il s'agit de jumeaux. Les sentiments qui liaient Kléber et Suzanne leur permirent de s'affranchir de l'esclavage familial. Ils avaient tous deux le goût des études. Ils passèrent brillamment leurs certificats et obtinrent chacun une bourse leur permettant d'accéder aux classes supérieures. Elle devint institutrice, lui poursuivit son droit. Le manque d'argent et un séjour prolongé sur la ligne bleue des Vosges le contraignirent à abandonner ses ambitions estudiantines. Il s'engagea dans la police, déterminé à gravir rapidement tous les échelons. Ils ne s'étaient jamais éloignés l'un de l'autre. Cependant, même si la tentation fut grande, ils n'avaient jamais osé consommer leurs sentiments réciproques. Du coup, elle se maria en 1925 avec Jules Pélisson qui, comme elle, était instituteur. Kléber rencontra Clémence. Elle était l'enfant unique des Pagèle, la fille chérie de son père Oscar, ministre et industriel de génie, à la tête d'une fortune qu'il avait su faire prospérer en tout temps.

Dès lors, Suzanne et Kléber se virent peu, évitant même de se fréquenter. Bouvier lui avouera plus tard qu'il ne supportait pas la vue d'un autre homme pouvant la toucher, l'embrasser... l'aimer. Suzanne, quant à elle, était parvenue à réprimer tout sentiment à son égard au prix d'une lutte acharnée. Lorsque son mari mourut d'une pneumonie en 1933, laissant Suzanne sans enfant, elle se tourna naturellement vers Kléber. Ils ne pouvaient contrarier plus longtemps leur amour et franchirent le Rubicon des liens du sang. Ils décidèrent d'entamer une étrange vie commune, celle d'un couple d'amants ressemblant à de vieux mariés.

Le téléphone retentit, qui le fit sursauter dans son fauteuil. Suzanne décrocha.

– Bonjour, Marcel... Comment vas-tu ? Et Odette ? Ah... Toujours les jambes... Et cette cure dont elle m'a parlé... Pas fameux... Cela ira peut-être mieux avec le beau temps... Tu veux que je te passe Kléber, je suppose ? Ne quitte pas...

Elle tendit le combiné, mais il ne bougea pas du fauteuil.

– Je suis en vacances, mon Poussin ! se contenta-t-il de crier laconiquement.

Suzanne reprit l'appareil.

– Tu l'as entendu ? Il bougonne... Comment ? Ah ! Oui ! Comme toujours... Pardon ? Il faut que j'insiste ? Très bien... Kléber ! Parle-lui... Il paraît que cela vaut le coup...

Il se leva et articula mollement.

– Ouais... Je t'écoute...

– Tu as raison... Tes huit gosses sont morts il y a une dizaine d'années. Bisson est catégorique et son rapport est sur mon bureau. Maintenant, je ne sais pas où il va atterrir... Il est à ta disposition, avec le médaillon... Si tu t'ennuies... passe les prendre.

Bouvier s'était redressé subitement dans son fauteuil. Sa voix était à présent plus claire et le ton plus professionnel.

– Apporte-les-moi... Je suis chez Suzanne jusqu'à 18 heures, après je vais à l'hôpital... Merci... Je t'attends...

Bouvier regarda sa montre, dans trois heures il se rendrait au chevet de Clémence, comme il l'avait fait la veille. Il s'était endormi sur la chaise à côté du lit blanc en tenant sa main, l'infirmière n'osant pas le réveiller. Galien avait fini par donner l'autorisation de le laisser aller et venir à sa guise.

Suzanne ouvrit les volets et le soleil se jeta dans la pièce. Il alla vers la fenêtre où elle était restée accoudée. Il la saisit délicatement par la taille et l'embrassa sur le front. Elle regardait les enfants jouer dans la rue. Elle posa la main sur son ventre et un voile de mélancolie traversa son regard. Elle aurait voulu appeler l'un d'eux, qu'il vienne s'installer à table pour goûter. Elle se ressaisit et s'activa à débarrasser les tasses et arrangea ensuite les coussins du fauteuil. Puis elle se dirigea vers la cuisine pour chercher une bouteille de bière dans le « Frigidaire ». Cet engin faisait son bonheur depuis peu. C'est Bouvier qui le lui avait offert pour son anniversaire. Elle ne cessait d'en vanter les bienfaits à tout le voisinage. Bientôt, on partagerait ce bonheur glacial dans chaque demeure.

Poussin franchit la grille du jardinet où il resta un instant, admirant le parterre de tulipes qui ornait le carré de verdure.

– Tu as vraiment la main verte, Suzanne !

– Dis ! *J'suis* de la campagne *mé*, mon *tiot* gars !

Il embrassa la maîtresse de maison, salua Bouvier et lui remit le rapport ainsi que le médaillon.

– Que vas-tu faire de ça, maintenant ? Crois-tu que Legendre t'écouterait à présent ? Peut-être que si tu patientes un peu, après le départ de Coty, il sera plus à l'aise et te laissera à nouveau faire ton travail...

– Je suis en vacances... fit Bouvier d'un ton résigné.

Ils changèrent rapidement de sujet de conversation, il était maintenant question de Galibier, de faux plats, de contre-la-montre où un certain Walkowiak était en proie à toutes les hypothèses. Ils burent quelques bières pour lutter contre l'insolation, puis Bouvier regarda la pendule et ses traits devinrent plus graves. Poussin se leva et prit congé.

Suzanne raccompagna l'inspecteur, ils discutèrent un moment dans le jardin. Comme à son habitude, il la fit rire plusieurs fois aux éclats, il la connaissait suffisamment pour la taquiner et lui raconter des histoires parfois très salées. Elle l'embrassa affectueusement, lui faisant promettre de revenir un dimanche avec Odette. Elle rentra tandis que Bouvier faisait semblant de lire son journal.

– Je sais que je me mêle de ce qui ne me regarde pas mais... Marcel m'a raconté cette épouvantable histoire à la cathédrale... J'espère que tu vas attraper les monstres qui ont fait ça ! Huit enfants morts de faim ! C'est atroce...

– Je le ferai, Suzanne... Sois-en sûre.

Chapitre 16

Le jeune homme époussetait les bibelots avec un long plumeau, il tenait un mouchoir brodé à ses initiales sur son nez pour ne pas être incommodé par les rares grains de poussière qui virevoltaient dans la vitrine. La sonnette de la porte l'arrêta dans ses élans ménagers, il rangea son ustensile dans un placard et dénoua le tablier qui épargnait sa chemise blanche et son pantalon de flanelle bleu marine de toute salissure.

– Monsieur désire ?

Bouvier tira le médaillon de sa poche et le déposa sur le présentoir où miroitaient toutes sortes d'objets similaires.

– Je cherche une réplique de cette médaille, fit-il à l'employé qui daigna jeter un œil sur la pacotille.

– Nous ne faisons pas ce genre d'article cher monsieur... Nous ne vendons que des pièces de qualité... Or ou argent... Certainement pas du fer-blanc...

– Savez-vous qui pourrait vendre cela sur la place de Rouen ?

– Mon Dieu... Je ne saurais vous dire... Mais je suis sûr de pouvoir vous satisfaire... Ainsi, nous pouvons proposer à monsieur nos dernières collections or, dix-huit ou vingt carats... Certes, la dépense sera plus conséquente mais, comme vous le savez cher monsieur, le prix passe, la qualité reste...

– Je ne désire pas acheter, seulement me renseigner.

– Alors dans ce cas… Je ne puis rien qui vous satis-fasse…

Bouvier sortit une autre médaille, en bronze républicain, qu'il exhiba promptement sous le nez de l'employé qui, voyant l'insigne de l'officier, se mit à pâlir.

– Vous allez faire un effort tout de même, insista Bouvier. Où puis-je trouver cette camelote ?

– La maison Cadet peut-être… rue Saint-Romain…

– Eh bien voilà… Merci garçon !

L'employé avala sa salive et bafouilla quelques politesses en raccompagnant le policier jusqu'à la porte.

Bouvier arpenta, pour la troisième fois, la rue sombre encombrée d'échafaudages en évitant les lourds camions qui allaient et venaient, déchargeant des sacs de ciment et de sable alimentant tous les chantiers riverains. Enfin, il aperçut, incrustées sur une large poutre, quelques lettres à la dorure patinée : « Maison Cadet 1822 ». La bâtisse, toute en colombages, était si vieille que plusieurs étais apparents en soutenaient les murs. La boutique se trouvait dans un renfoncement. Un morceau de carreau faisait office de vitrine, où l'on distinguait dans la pénombre une bible à la reliure racornie, trois chapelets aux couleurs vives et une déclinaison de crucifix dont le plus grand s'étalait en fond sur un morceau de velours cramoisi. Bouvier poussa la porte en chêne sculpté qui accueillait les clients, longea un couloir à l'éclairage sommaire et atterrit dans une vaste pièce, certainement une ancienne cour, où d'imposantes boiseries ornaient chaque paroi, se dressant ainsi sur deux étages qu'un toit de verre surplombait. De superbes ouvrages reliés logeaient dans chaque interstice. Des crucifix de toutes tailles étaient accrochés sur l'autre mur et des tapisseries rares du XIIIe et XVe siècle s'étalaient sur le flanc droit de la pièce. Au centre, des présentoirs en acajou agrémentaient la pièce, où une lumière feutrée caressait chaque objet sous des vitres bombées à la transparence absolue. Le silence, la pénombre et l'odeur d'encaustique parachevaient la pieuse singularité des lieux. Le commissaire s'avança et gravit les trois marches permettant d'accéder à un comptoir magistral, dont les différentes marqueteries rivalisaient de finesse. Il s'approcha, se racla légèrement la gorge dans l'espoir d'attirer âme qui vive et attendit ainsi qu'on se manifestât. Personne. Il tendit cependant l'oreille et perçut le bruit caractéristique d'un petit rongeur. Il s'inclina au-dessus du comptoir et découvrit, à la lueur d'une lampe de lecture, une souris grise en train de dévorer de petits macarons multicolores, qu'elle puisait d'un geste mécanique dans un sachet qui semblait être sans fond. Le chignon penché sur un *Ciné Monde*, elle en tournait les pages avec avidité, s'empressant d'arriver à la reliure centrale où le poitrail de Robert Taylor en costume de corsaire s'étalait sur deux feuillets. Elle arrêta de grignoter et soupira d'aise. Bouvier se racla de nouveau la gorge, ce qui déclencha un magnifique numéro de prestidigitation : le journal et les gâteaux disparurent en un éclair dans une petite corbeille qu'elle dissimula sous une tablette. L'exécution parfaite de ce tour avait nécessité, sans nul doute, des années de répétition.

– Bonjour madame…

– Mademoiselle ! fit la vieille fille en ôtant délicatement un reste de biscuit sur le coin de ses lèvres.

– Mademoiselle… Je suis à la recherche…

– Comment êtes-vous entré ?

Bouvier, quelque peu interloqué par cette question, répondit par l'évidence.

– Par la porte…

– Elle est fermée ! Ma sœur ferme toujours la porte lorsqu'elle va aux vêpres, affirma-t-elle craintivement.

– Sans doute aura-t-elle omis de le faire aujourd'hui…

– Je n'ai pas le droit de recevoir de client en son absence… Je n'ai pas le droit !

Malgré l'âge avancé de la demoiselle, on devinait sur son visage qui avait la fraîcheur d'une vierge des rougeurs osées mêlées à un sourire trahissant la convoitise. Bouvier le remarqua et s'en amusa.

– Je ne suis pas venu en client, mademoiselle, reprit-il, je veux juste un renseignement. Je cherche une médaille comme celle-ci… En vendez-vous ?

Il posa la chaînette sur le comptoir, elle tira le bras articulé de sa lampe de lecture pour éclairer le bijou.

– Oh mais oui ! C'est une médaille de sainte Thérèse. Une médaille à dix sous… Dommage qu'elle soit si abîmée, elle a perdu toute sa couleur… Elles sont bleues normalement…

– Cette médaille vient donc de chez vous ?

– Il s'en est tellement vendu ! Elle a pu être achetée n'importe où, à Lisieux principalement… Certes, nous en vendons.

Elle ouvrit la porte battante permettant de franchir le comptoir et se dirigea vers un présentoir où étaient accrochées nombre de médailles et chaînettes similaires. Elle en décrocha une et la tendit au commissaire.

– Tenez… C'est celle-ci… Vous voyez, elle est bleue…

Elle la déposa délicatement dans la paume du commissaire, laissant traîner un peu ses doigts fins sur sa main.

– Des Sainte-Thérèse à dix sous… On n'en vend plus guère maintenant… C'est le père Aurélio qui venait en acheter…

Son regard se troubla un instant, elle tressaillit puis afficha de nouveau son sourire de gourmande.

– Dois-je vous faire un paquet ?

– Je n'étais pas venu précisément faire un achat… Mais après tout… Faites donc cela…

Elle se tenait tout près, trop près du commissaire. Ses yeux brillaient et elle laissa échapper un léger gloussement d'aise, là, au milieu de toutes ces boiseries, sous les yeux de Jésus et de tous les saints. Le gris de ses vêtements, la grosse croix qui ornait sa poitrine et son chignon très strict ne parvenaient guère à masquer la polissonnerie de la demoiselle.

– Je m'appelle Marie-Thérèse, et vous ? fit-elle en tripotant le bouton de son veston.

Il ôta doucement sa main et la rappela au paquet qu'elle devait effectuer lorsque Marie-Louise, sa sœur aînée, apparut.

– Que faites-vous là, vous ? Et toi Marie-Thé ! Tu veux que je t'aide ?

La voix tonna, son fracas s'accompagna d'éclairs blancs, une cataracte de lumière crue jaillit des néons, semblant crever le plafond, ôtant instantanément tout le charme des lieux. La vieille femme pointa son parapluie en direction du comptoir que Marie-Thérèse regagna sur le champ. Bouvier reconnut en Marie-Louise la bigote de la veille qui égrenait son chapelet en sortant du confessionnal.

Elle se planta devant Bouvier et lui indiqua, avec le même outil, le chemin de la sortie.

– Madame je…

– Mademoiselle ! Sortez monsieur !

– Allons… Je ne voulais pas être importun, je désirais juste acheter cette médaille sur les conseils de votre employée.

– Ma sœur !

– Hum… Oui… Votre sœur se proposait de faire un paquet…

– Je la connais et je sais ce qu'elle propose aux énergumènes dans votre genre !

Elle se signa puis tendit à nouveau son bâton toilé.

– Sortez !

Bouvier obtempéra, saluant avec respect les deux demoiselles. Un large sourire accompagna ses pas vers la sortie. Comme il le supposait, il se retourna furtivement pour apercevoir la vieille pointant sur lui son arbalète à baleines, jusqu'à ce qu'il franchisse enfin le seuil de la respectable boutique. La clochette tinta, marquant ainsi la fin de l'alerte pour Marie-Louise.

Il longea les larges pierres de la cathédrale, traversa la rue de la République en direction du parvis Saint-Maclou où il reconnut Samson qui se dirigeait, les bras chargés de plaques de marbre, dans l'enceinte de l'église.

– Bonjour Samson !

Le contremaître reconnut le commissaire, il pâlit et trébucha, renversant tout son chargement dans l'allée, ce qui fit sursauter trois bigotes qui se recueillaient avec ferveur.

– Laissez-moi vous aider à porter tout ça, mon vieux, proposa obligeamment Bouvier.

– Ah non alors ! Je ne veux plus d'ennuis avec vous !

– Rassurez-vous, je suis en repos. Qu'est-ce que vous transportez ainsi ?

– Des ex-voto de la cathédrale, on les entrepose ici le temps de faire les travaux dans la chapelle de la Vierge.

Bouvier ramassa les tablettes de marbre, l'une d'elle s'était brisée en deux, il mit les bouts côte à côte et lut tout haut.

– *Les enfants de Saint-Évode pour leur camarade Rémi. Que la Vierge le protège.*

Saint-Évode... Ce nom lui évoqua un souvenir, teinté d'un profond ennui, sur des airs de chants liturgiques... Il accompagna le contremaître, l'aidant ainsi à effectuer sa drôle de livraison. Ils firent plusieurs allers et retours, puis Samson regagna son camion. Il démarra son engin et Bouvier le questionna dans le vacarme de la lourde mécanique.

– Dites, Samson, Saint-Évode c'est bien une de ces chorales de paroisse ?

– Saint-Évode ? Oui, ce sont les gamins qui chantent la messe à la cathédrale...

Son souvenir devint plus vivace. Combien de fois sa femme l'avait-elle contraint à assister à ces vocalises interminables autrefois ?

– Avant c'était même un pensionnat pour garçons... reprit Samson, il n'existe plus depuis la guerre. L'entrée était là-bas rue Saint-Romain, à côté du portail des Libraires.

– Un pensionnat... fit Bouvier songeur, merci Samson et bon courage, mon vieux.

Le camion s'ébroua et son chauffeur démarra pied au plancher, sans répondre aux salutations du commissaire.

Chapitre 17

– Clémence ? Clémence, vous m'entendez ?

Le Dr Galien passa sa petite lampe sur les yeux de sa patiente qui réagirent brusquement chaque fois que la lueur heurtait leurs pupilles.

– Clémence ? Vous m'entendez ?

– Oui... Oui...

Le docteur rangea son instrument et palpa les muscles qui se raidissaient sous l'effort du réveil. Le corps de Clémence reprenait une vigueur qui surprit le médecin.

– Restez tranquille, Clémence... Tout va bien ! Me reconnaissez-vous ?

Clémence bafouilla quelques syllabes incohérentes puis, dans un profond soupir, elle articula.

– Vous êtes le docteur Galien... Je suis... Je suis donc... à l'hôpital... fit-elle dans un grand désarroi.

– Oui, Clémence et vous êtes tirée d'affaire... C'est un vrai miracle ! Je vais prévenir votre famille. Votre père et votre tante étaient là il y a une heure. Ils aimeraient certainement apprendre que vous êtes réveillée.

– Non... Non... Je ne veux que mon mari... Que mon mari...

– Il va venir, soyez-en sûre ! Dans moins d'une heure, vous le verrez entrer avec un énorme bouquet. D'ailleurs, nous ne savons plus où les mettre...

– C'est tout lui... Il aura attendu que je sois à demi morte pour m'offrir des fleurs...

Bouvier montait le sinistre escalier de l'hôtel-Dieu lorsqu'il croisa l'infirmière qui le prévint du réveil de sa femme. Il ne put retenir un cri de soulagement. Il grimpa les marches quatre à quatre, courut vers la chambre et se planta devant Clémence, son bouquet d'iris à la main.

– C'est donc vrai... Tu m'apportes des fleurs tous les jours... fit-elle en souriant.

Il l'embrassa sur le front et posa son bouquet sur la tablette.

– C'est formidable ! Tu as retrouvé tous tes esprits. C'est incroyable !

– Oui, mais je suis encore un peu lasse…

– Tu as pourtant dormi plus qu'il ne faut… fit-il, forçant son sourire.

Il ne tenait plus en place. Il chercha un autre récipient pour y mettre les fleurs, entrouvrit la fenêtre pour laisser entrer un peu d'air puis vida la cruche pour y verser de l'eau fraîche. Elle le regardait faire, étourdie par toute cette agitation.

– Reste tranquille, je t'en prie. Viens t'asseoir à côté de moi…

Il obéit docilement. Il lui prit la main, embrassa fébrilement ses doigts. Il ne savait comment se tenir et cherchait ses mots pour masquer sa gêne. C'est elle qui les trouva.

– Tu aurais dû me laisser l'autre soir…

Il voulut l'interrompre mais elle posa la main sur sa bouche.

– Écoute-moi ! Et rassure-toi, je ne rééditerai pas mon geste… Mais avoue que c'était une solution pour nous… Je ne voulais plus vivre, Kléber… Plus ainsi… Attendre et boire… Je ne le supportais plus… Pleurer, espérer un retour de Marc… Revivre chaque nuit ce cauchemar pendant que tu dors chez Suzanne, le vivre chaque jour pendant que tu es au travail. Affronter ton regard, ton dégoût de moi, me sentir coupable…

– Mais non ! Tu te trompes, je…

– Non c'est toi qui ne comprends pas. Qui ne veux pas comprendre ! Tu aimes Suzanne et je le sais depuis le début… Ce n'est pas elle qui a brisé notre ménage mais moi qui lui ai volé le sien… Nous avons été heureux, Kléber… Nous avons partagé des choses incroyables pendant la guerre… Nous nous sommes grisés de nous, de nos existences qui nous dépassaient et puis cela s'est usé, arrêté… Retour à nos petites vies, moi, parmi mes « amis »… Amis que tu détestes et je te comprends… Sont-ils seulement venus me voir ici ? Et toi, avec Suzanne et sa bicoque de banlieue… Elle est là-bas, ta vie… Ta toute petite vie… Moi je continuerai la mienne… Je ferai des efforts, j'arrêterai de boire en premier lieu… Et puis, je me consacrerai à Marianne… C'est elle qui m'a sortie des limbes… Ce n'est pas Marc que je voyais alors que je voulais le retrouver… C'est Marianne qui ne cessait de m'appeler. Je vais cesser d'être égoïste et donner un peu de moi, alors que je n'ai fait que demander l'impossible aux autres ces dernières années. Je te laisserai tranquille à présent, parce que je t'aime encore. Mais je ne veux plus te voir, Kléber.

Bouvier ne bougeait plus à présent, assommé par toute cette simplicité. Ce bref résumé définissait leur vie qu'il croyait affreusement compliquée. Il regarda son bouquet, trahissant par ses belles couleurs le mensonge qu'il s'apprêtait de nouveau à mettre en scène. Il se sentit désemparé de ne plus pouvoir l'aimer, de ne plus être à la hauteur, à sa hauteur. Il savait qu'il n'aurait plus jamais ce courage. Ne resterait que le souvenir de s'être tant aimés. Tous deux ressemblaient désormais à un vieux couple de trapézistes quittant la piste, de peur de ne plus pouvoir réussir leur numéro. Il le savait depuis longtemps, même si Clémence fut obligée de lui dire la vérité. Elle en avait assez de chuter et chuter encore, tandis qu'il persistait à lui tendre des bras sans force. Voilà son crime. De ça, il était coupable. Démontez le chapiteau et renvoyez la fanfare ! Le spectacle est terminé.

Il l'embrassa et se retira sans un mot. Elle retint ses larmes, sortit une photo de Marianne qu'elle conservait sous ses draps, fit la promesse de ne penser qu'à elle, sa fille chérie et de ne plus jamais pleurer sur son propre sort.

Galien s'apprêtait à se féliciter de la convalescence de Clémence avec son ami, mais il préféra renoncer lorsqu'il le croisa et qu'il ne lui prêta pas la moindre attention, marchant dans le vaste couloir de l'hôpital, le regard vide. Il erra dans la ville, but quelques verres dans les bistrots du port jusqu'au milieu de la nuit. Il était ivre quand une demoiselle l'aborda alors qu'il remontait le boulevard de la Marne. Il respira son mauvais parfum, lui glissa quelques billets et s'écroula sur le vilain lit d'une vilaine chambre, dans un hôtel miteux de la rue Saint-Patrice.

La petite était plutôt gentille. Elle lui prépara du café et son sourire agrémenta les tartines de confiture qu'elle lui tendit une à une.

– Vous avez drôlement ronflé cette nuit !

Le vouvoiement surprit Bouvier, sans doute avait-elle fait ses poches pendant son sommeil et qu'elle y avait trouvé sa médaille de commissaire. Il n'osa pas la contrarier sur ce détail, se contentant de lui rendre son sourire et d'avaler tout ce qu'elle lui servit de comestible.

– C'est ta chambre ?

– Ah non alors ! Moi je crèche à l'étage du dessous ! Ici c'est mon atelier…

– C'est plus propre chez toi ?

– Évidemment ! Pour qui vous me prenez ?

– Alors allons chez toi, tu veux ? À moins que tu ne sois… accompagnée…

– Non, je vis seule ! Et j'en suis bien contente… C'est d'accord, tu finis ton croissant et on s'installe en bas. Dis donc, si tu comptes rester un temps… je te demanderai…

Bouvier lui sourit d'un air entendu, enfila sa chemise ainsi que son pantalon et fut soulagé que le tutoiement fût de nouveau de rigueur dans ce type de rapport. Il ne voulait plus être un commissaire, il voulait changer de registre, se lancer en scène dans une nouvelle peau. Il ne serait ni mari, ni père, ni amant. Il avait usé tous ces rôles jusqu'à l'ennui, se jugeant fort médiocre dans chacun d'eux. Sa nouvelle qualité de client le satisfaisait pleinement, il devenait l'étalon inconscient d'une nouvelle race de citoyen : le consommateur.

La piaule de la môme, bien que plus sombre, sentait la cire et la naphtaline. Elle s'empressa de ranger les quelques chiffons qui traînaient sur la seule chaise qui tenait debout, s'engouffra ensuite dans le petit réduit qui lui servait à la fois de cuisine et de salle de bains, tira le rideau rouge qui faisait office de porte, fit couler un peu d'eau, s'ébroua vivement pendant un bon quart d'heure et reparut enfin, toute fraîche, avec sa bonne mine de paysanne qu'elle était encore quelques semaines auparavant.

– Combien tu prendrais pour... disons... une semaine ? demanda Bouvier.

– Rien.

Il fronça les sourcils, mécontent de la réponse.

– Pourtant tout à l'heure tu as bien insinué...

– Ce n'est pas ton oseille qui m'intéresse, d'ailleurs j'ai remis une partie des billets que tu me distribuais cette nuit dans la poche de ton portefeuille.

Bouvier constata avec surprise que l'étui de cuir contenait en effet une liasse confortable.

– Que veux-tu alors ?

– Que tu parles de moi à ton collègue Pasqualini... Tu vois ce que je veux dire ?... Qu'il m'oublie un peu quoi... Le temps que je m'inscrive au registre...

– C'est entendu... Comment t'appelles-tu ?

– Jessy... Enfin, mon vrai nom c'est Léone... Léone Grandvacher !

– Grandvacher... Grandvacher ? Es-tu de famille avec Émile Grandvacher d'Auquemesnil ?

– C'est mon grand-père...

– Tu es la fille de René ?

– Non, de Sauveur.

– Par exemple ! Sauveur Grandvacher ! Ah le monde est petit alors !

Soudain il rougit devant elle comme un jeune puceau.

– Dis-moi, il ne s'est rien passé cette nuit ?

– Si, tu as ronflé...

– Parfait ! Je vais encore ronfler une petite semaine chez toi. Dans ton divan tiens... Là, au pied de ton lit... Ce sera très bien ! Qu'est-ce que tu en dis ?

– Que tu as l'air d'un chic type.

Il se mit à rire et reprit :

– La fille de Sauveur Grandvacher ! Ça, pour une farce, c'est une drôle de farce ! Nous avons usé nos fonds de culottes sur le même banc à la communale !

Chapitre 18

– *Que fais-tu, Serge ?*

– *Je prie...*

– *On n'entend plus les petits...*

– *Je les ai appelés tout à l'heure... Ils ne répondent plus...*

– *On va tous mourir ici tu crois ? Ils vont quand même bien penser à nous ! Le père Aurélio a dit que...*

– *Parce que tu le crois ? Tu sais très bien ce qu'il fait avec nous le « père Aurélio » !*

– *Il est gentil, tu n'as pas le droit !*

– *Lui, c'est le pire de tous... « Tirer le diable par la queue », c'est bien ce que nous faisons ?*

– *Mais, tu ne peux pas dire ça... On lui doit d'être tous en vie, tu sais qu'il prend des risques pour nous ! Oui ! Pour nous !*

– *Nous ? Nous allons tous crever ! Alors prie, toi aussi ! Dis les vraies prières...*

– *Je les connais pas... Et je m'en fous de leur bon Dieu, c'est bien à cause de lui qu'on est là...*

– *Non ! C'est Satan qui gouverne ! Tu n'as donc rien compris ? C'est la fin des temps... Nous serons bientôt tous morts ! Tous !*

Simone Berg pointa à 22 heures précises. Son chef se tenait près de la machine et lui indiqua sa table : la 28. Elle retrouva Yvonne et Marcelle mais regretta la présence d'Adrienne, une pimbêche qui bavait tout ce qu'elle pouvait à M. Mourrest.

Ses mains s'activaient déjà tandis que ses deux collègues discutaient des réclames que faisaient les boucheries Besnard sur la place de la Pucelle. Martin Got déposa encore trois sacs pleins et les employées pestèrent après lui autour de la longue table.

– Encore trois sacs ! J'appréhende déjà les vacances avec toutes les cartes !

– M'en parle pas, ma pauvre Yvonne ! Tu ne dis rien, Simone… Qu'est ce que t'as donc depuis trois jours ? T'es mal foutue on dirait.

– C'est la fatigue. Ça va aller Marcelle, tu es gentille…

Mourrest longea la tablée et fit signe aux trois bonnes femmes de la boucler et de remuer un peu plus leurs bras dans les sacs. Depuis dix ans qu'elle était employée aux PTT, Simone Berg, comme la plupart de ses collègues, pouvait viser chaque case de tous les codes postaux sans même les regarder. La rapidité et la précision de ses gestes, bien qu'acquises, semblaient toutefois naturelles. Affectée à la grande poste Jeanne-d'Arc depuis quatre ans, elle avait trouvé un logement à deux pas de là. Certes, c'était beaucoup plus petit que leur maison où ils habitaient jadis dans le quartier du Sacré-Cœur. C'était avant-guerre.

À son arrivée au tri Jeanne-d'Arc, elle vivait chez une vieille dame qui lui louait une chambre, sur les hauteurs de la ville, dans une maison rue Jouvenet, mais elle peinait à faire la route, sa hanche mutilée la faisant atrocement souffrir. Elle sympathisa avec Gisèle, une grosse fille qui riait tout le temps. Celle-ci lui proposa son réduit à deux pas de la poste, rue des Bons-Enfants. Le logement devenait trop petit pour elle, son mari et ses deux marmots. Un jour qu'elles discutaient toutes deux au réfectoire, elle lui annonça la nouvelle.

– Il a remis ça, le cochon ! Et de trois ! lâcha-t-elle avant de se mettre à rire. Remarque, c'est quand même une bonne nouvelle, avec trois lardons on peut avoir un HLM. Enfin, c'est ce que m'a dit Maurice, tu sais qu'il travaille à la ville… Je t'ai déjà dit qu'il est aide-comptable aux abattoirs ? Non ? Bah il l'est ! Alors comme ça, le maire lui a dit qu'il aurait un logement avec trois chambres et toutes les commodités sur le boulevard d'Orléans ! Enfin, quand ils auront fini de les construire… Tu te rends compte ? Trois chambres, une vraie salle de bains, avec chauffage central et eau chaude ! Dès qu'on déménage, tu reprends mon garni, c'est pas un palace mais la tôlière est correcte et arrangeante…

Le meublé donnait sur le rez-de-chaussée d'une rue crasseuse où nombre de rats avaient élu domicile. En plus des gaspards, d'autres vermines s'étaient établies dans le quartier. Des julots et leurs marmites hantaient les bistrots. Certaines arpentaient le pavé, d'autres se planquaient dans de sombres couloirs qui sentaient la pisse. Toute cette faune grouillait entre les murs d'immeubles délabrés. Au fond des arrière-cours s'activaient des artisans, des marchands de vins ou de charbon qui faisaient cahoter leurs charrettes dans un va-et-vient permanent. Des clochards descendaient la rue Porte-aux-Rats, avec leurs poussettes emplies de cartons et papiers journaux qu'ils revendaient pour quelques pièces au chiffonnier du coin. Les hôtels malfamés du quartier attiraient les vicieux de tout poil. Ils arpentaient les trottoirs têtes basses, importunant parfois Simone Berg avec insistance, lorsqu'elle revenait de son service de nuit.

Elle rentra sans problème ce matin-là. Étienne lui avait laissé du café au chaud et une assiette de cette bouillie de maïs qu'elle affectionnait tant. Elle se servit un grand bol, se pencha comme à son habitude sur le journal qu'elle avait dérobé au service des livraisons. Il sentait l'encre fraîche. Elle parcourut les gros titres, puis la rubrique nécrologique, le roman-feuilleton qu'elle suivait de temps à autre, surtout lorsque ça parlait d'amour. Elle allait replier le quotidien lorsqu'elle se ravisa. Elle l'étala de nouveau sur la toile cirée, descendit un peu plus la faible lampe qui se dressait au-dessus de la table et parcourut les entrefilets pour arrêter son doigt sur l'information qu'elle cherchait. Elle souligna au crayon le petit encadré puis referma le journal tandis qu'Étienne, qui se tenait debout derrière elle, l'embrassa en s'excusant de lui piquer les joues avec sa barbe hirsute.

– Quel jour sommes-nous ? demanda-t-elle.

– Vendredi, pourquoi ?

– Pour rien…

Elle regarda les pages grises repliées sur la table et sembla soudain prise d'impatience.

– Combien de temps comptes-tu rester encore ?

Étienne s'attendait à cette question. Il ne pouvait plus continuer à s'abriter chez elle de la sorte. Il devait reprendre le travail et donner des nouvelles à ses parents, qui devaient certainement se faire du mauvais sang à son sujet. Et puis, que pouvait-il faire de plus ? Il se sentait soulagé à présent, il avait parlé à Simone Berg, elle l'avait écouté et elle l'avait compris. Maintenant, il lui fallait tourner la page et reprendre le cours de la vie, s'appliquer à sa carrière d'architecte qu'il avait entamée avec brio.

– Je pars ce matin…

– Très bien. Je vais me coucher… Reviens quand tu veux…

Elle se déshabilla avec lassitude et se coucha de tout son long dans son vieux lit à baldaquin, vestige d'une autre vie où le bonheur venait s'allonger avec elle. Il s'appelait Guy, c'était le meilleur couturier de la place de Rouen. Ils s'étaient mariés en 1929. Un beau mariage. Oui, tout était beau. Avant tout ça. Parfois, elle se demandait si cette vie avait vraiment existé.

Son bras se glissa machinalement sous l'oreiller où personne ne venait plus poser la tête pour partager ses rêves. Elle ne rêvait plus depuis longtemps.

Étienne s'assit à la table, prit un café, déplia le journal et remarqua le trait de crayon. Il sursauta, se retourna vers Simone pour la questionner, mais se tut lorsqu'il la vit dormir à poings fermés. Il fit son sac et sortit tandis que les balayeurs remontaient la rue en sifflant, leurs outils à l'épaule.

Chapitre 19

Mgr Glâtre se tenait à la grille. Aucun nom n'était inscrit sur le mur, ni sur la boîte aux lettres. Un énorme chien se précipita vers lui en aboyant alors qu'il tentait de pousser la porte.

– Au pied, caporal !

Le chien obéit aussitôt à son maître, un homme élégant qui traversa le jardin à la rencontre de son visiteur.

– Bonjour, jeune homme. Je suis à la recherche de la famille Berg. Êtes-vous un des fils ?

– Pas du tout ! Je suis le Dr Casebielle et je viens de m'installer ici. J'attends l'employé des PTT pour le téléphone. C'est vous ? demanda-t-il, intrigué par la croix autour du cou de son visiteur.

– Non... Savez-vous qui habitait ici avant ?

– Bien sûr ! Mon oncle, le Dr Maugendre. Il est parti en retraite et je lui succède. Mais qui cherchez-vous au juste ?

– D'anciens amis... La famille Berg.

– Berg ? Je sais qu'avant lui, c'était des Juifs qui habitaient là...

Il se tut puis reprit d'un ton morne :

– Alors pendant la guerre... Vous comprenez... Ils ne sont jamais revenus.

Ils restèrent muets l'un et l'autre, ne sachant quoi ajouter.

– Enfin... Il me semble tout de même que quelqu'un est venu rechercher des meubles entreposés dans le garage juste après-guerre, j'étais encore étudiant sous la houlette de mon oncle lorsque cela s'est passé, c'était en 1945 ou 1946... Quel nom avez-vous dit tout à l'heure ?

– La famille Berg.

– Ça doit être eux, je présume... Enfin... Ils n'ont pas laissé leur adresse comme vous pouvez le supposer... C'était moche à cette époque... Bien moche...

Glâtre acquiesça et salua l'amabilité de son hôte, s'apprêtant à rebrousser chemin, lorsque celui-ci le retint.

– Attendez ! Justement, j'ai quelque chose qui pourrait vous intéresser... Suivez-moi.

Ils entrèrent dans la vaste demeure où s'affairaient deux peintres occupés à la restauration d'un plafond où l'on remarquait de belles rosaces aux dorures patinées. L'hôte fila vers une remise et en sortit avec une caisse emplie d'objets divers...

– J'ai retrouvé cela dans le grenier. Tenez ! Il y a une photo... Est-ce eux que vous cherchez ?

80

Il tendit une photo de famille, prise dans le jardin de la propriété. On découvrait les visages radieux d'un couple et de leurs quatre enfants, tous habillés au dernier chic de la mode d'avant-guerre. Le père était un bel homme, très soigné, il émanait de lui une certaine fierté, une belle assurance. Elle, dans sa robe d'été, était d'une élégance et d'une grâce peu communes. Les quatre enfants étaient sagement assis à leurs pieds, trois filles aux belles boucles brunes et un fils déjà grand, qui ressemblait à son père. Glâtre fut troublé en découvrant cette image, surtout lorsque ses yeux s'attardèrent sur le jeune garçon.

– C'est eux en effet…

– Voulez-vous garder ces objets ? Sinon je les jette…

– Non… Je… Peut-être la photo… Non… Faites-en ce que vous voulez…

Monseigneur se sentit mal, il salua le médecin et se dépêcha de sortir. La grille franchie, il se mit à presser le pas pour fuir ce quartier. Il aperçut l'église du Sacré-Cœur, s'y engouffra et pria longuement.

Lorsqu'il rentra à l'archevêché, plusieurs personnalités l'attendaient, toutes anxieuses de ne point le trouver à ses tâches coutumières. Ses absences répétées embarrassaient son diacre, l'abbé Grimaud, ainsi que le chanoine De Couraille. Celui-ci se fit un devoir de lui rappeler le programme de la journée, pointant déjà les retards les plus patents. Deux nonnes, sœur Dominique et sœur Jean-Marie, se pressèrent devant sa porte pour obtenir de lui les signatures que réclamait l'Administration pour le secours aux nécessiteux. Trois abbés, arrivés du Vatican dans la matinée, attendaient dans le couloir, le vicaire leur avait déjà fait visiter l'archevêché mais ils étaient impatients de s'entretenir avec Monseigneur des préparatifs pour la venue prochaine du nonce apostolique. Or Glâtre ne semblait guère se soucier de tous les problèmes soulevés par le chanoine, d'autres tourments le torturaient. Il ne lui accorda qu'une écoute distraite et en fit de même avec tous ses interlocuteurs, alors que tous lui demandaient la plus grande attention. Lors des prières, son recueillement était total, et il prolongeait de manière singulière ces instants de communion. Lorsqu'il retourna à ses appartements, accompagné des trois abbés italiens, il eut soudain un malaise lorsque ses yeux se portèrent sur les mots de sa propre devise, gravée en lettres d'or au-dessus de son siège : « Prions ! Nous sommes sauvés ! » Ses jambes se dérobèrent, on dut lui porter secours et l'allonger en toute hâte. Le médecin lui conseilla de se reposer au moins vingt-quatre heures. Glâtre les passa en prières avec son confesseur.

Chapitre 20

Il se sentait tout à fait rétabli lorsqu'il revêtit sa robe violette alors que l'abbé Millau le coiffa de sa mitre. Il arpenta la longue allée de la cathédrale, marchant d'un pas sûr, portant haut sa crosse, il bénit ses ouailles dans la ferveur de cette messe dominicale. La fraîcheur des lieux contrastait avec le soleil de plomb qui écrasait la ville. Toutes ces dames arboraient leurs toilettes printanières, aux couleurs claires, toutes ou presque…

L'une d'elles s'approcha, la tête recouverte d'un épais voile noir. Elle marchait d'un pas hésitant, comme si elle peinait à se fondre au rite solennel de la communion. Le tulle sombre frôla la tête de l'évêque lorsqu'elle l'ôta d'un geste lent. Il lui tendait l'hostie lorsque la lame du couteau transperça d'abord son bas-ventre. Puis elle voulut atteindre le cœur mais l'abbé Millau se précipita pour l'empêcher de commettre l'irréparable. Simone Berg se mit à hurler devant l'assemblée médusée.

– Tu as tué mon fils ! Tu n'es qu'un chien ! Tu as tué mon fils !

Dans la cohue indescriptible qui suivit, personne ne s'aperçut qu'un autre sang coulait, se mêlant à celui de l'ecclésiastique. Mme Berg avait eu le temps de se trancher la carotide et son cri s'étouffa dans un râle affreux qui percuta tous les remparts de la cathédrale. Au milieu des paroissiens ébahis, Étienne Langlois tenta de toutes ses forces de s'approcher de l'autel, mais il savait qu'il était trop tard. Il hurla désespérément.

– Ne faites pas ça, madame Berg ! Non !

La foule se précipita sur le parvis, au grand étonnement des mendiants qui patientaient, assis comme à leur habitude, dans les recoins obscurs de l'édifice. L'abbé Durillon, ancien missionnaire dans les colonies, s'appliqua à donner les premiers soins à l'évêque qui avait perdu connaissance. Il comprima tout de suite la plaie qui saignait abondamment. Plus que la force, c'est la rage qui avait permis au geste de Simone Berg de réaliser son funeste dessein. Tandis que le prêtre s'affairait aux soins de l'évêque, l'abbé Millau fermait les yeux de Simone Berg. Malgré l'étoile qu'elle portait à son cou, il lui donna l'extrême-onction. La cathédrale était vide à présent. Le silence reprit place dans le lieu saint.

Les agents ôtèrent leurs képis lorsqu'ils pénétrèrent dans la nef. Ils suivaient l'inspecteur Poussin qui s'engouffra dans l'allée, son chapeau à la main, s'écartant un instant pour laisser passer les deux brancards et les médecins qui s'affairaient autour du premier. Il arrêta le second et souleva la couverture qui recouvrait la défunte. Il fut surpris par son âge et la banalité de ses traits. Il s'attendait à voir la tête d'une folle, ravagée par l'hystérie, de celles qu'il avait déjà croisées au cours de sa carrière, qui découpaient leurs maris ou fracassaient leur bébé dans leur démence. Toutes ces meurtrières portaient sur leurs figures les stigmates de la folie. Il n'en était pas de même pour Simone Berg. Malgré le sang qui maculait la moitié de son visage, ce dernier semblait étrangement apaisé.

Chapitre 21

– Le «grand chef», si je le tenais, celui-là ! Il peut nous en faire bouffer des hosties, il peut...

– Il dit que c'est lui, Satan ! Qu'on doit tous lui obéir...

– Il s'en prend aux petits, mais il ne s'attaquerait pas à nous, va ! C'est un lâche...

– Tu penses qu'il est avec eux ? Qu'il va les ramener pour nous tuer ?

– C'est bien ce qu'il nous a dit ! Si on moufte, il nous expédie là-bas...

– C'est pas si terrible, il paraît...

– Qu'est-ce que t'en sais ? T'en connais beaucoup qui en sont revenus ?

Léone Grandvacher grimpa les escaliers comme un cabri. Elle ouvrit la porte avec fracas, tandis que Bouvier tentait de se raser avec un de ces nouveaux joujoux américains à lames souples, qu'il avait encore du mal à maîtriser.

– Tu sais ce qui s'est passé à la messe ? lança-t-elle les joues rouges d'avoir couru.

– Parce que tu vas à la messe, toi ? ironisa Bouvier, un œil sur sa barbe, l'autre sur le reflet de la jeune fille.

– Bah oui ! Tous les dimanches à la cathédrale, dit-elle en haussant les épaules. Elle fouilla dans son sac à main, attrapa un bâton de rouge et rectifia le contour de ses lèvres, poussant Bouvier avec son derrière.

– Et pourquoi à la cathédrale ? Il n'y a pas assez d'églises dans le quartier ? fit-il en reprenant sa place.

– J'ai des goûts de luxe ! répondit-elle les yeux écarquillés, en tenant un mince crayon noir. Elle enchaîna avec un pinceau, étalant un bleu vif, prit ensuite son poudrier pour se rectifier les pommettes. Une fois peinturlurée, elle se pencha sur la petite glace et l'air satisfait elle reprit :

– Alors ? Tu ne veux pas savoir ?

– Ils ont beurré les hosties ? lâcha Bouvier, tâchant de se défaire enfin du savon qui séchait sur ses poils gris.

– Pff… C'est malin !

Elle haussa les épaules et prit sa respiration pour cracher la nouvelle.

– Il y a une bonne femme qui a tué Mgr Glâtre !

– Quoi ?

Bouvier tourna vivement la tête vers Léone. La lame dérapa sur sa joue, l'entaillant sévèrement. Le sang coula aussitôt.

– Comme je te le dis ! Il y a une bonne femme qui a suriné l'évêque ! Il s'appelle Glâtre…

– Oui je sais…

– J'étais juste derrière quand ça s'est passé ! Je marchais comme ça.

Elle mima un pas majestueux.

– J'allais pour communier quoi ! Alors j'étais là, comme ça…

Elle se tint bouche bée en tirant la langue, agrémentant son récit de minauderies, alors que Bouvier s'impatientait.

– Et alors ? fit-il en enfilant déjà son pantalon.

– Alors la vieille a crié, je n'ai pas pigé ce qu'elle disait mais elle l'a copieusement injurié ! Elle lui a planté son couteau en plein dans le ventre et puis elle s'est tuée avec ! D'après ce qu'on m'a dit à la sortie…

– Comment ça « on t'a dit » ? Tu l'as vu ou tu ne l'as pas vu ce meurtre ?

– Le couteau dans le ventre de l'évêque je l'ai vu ! Mais après, c'était un tel bazar… Et puis je tenais pas à ce qu'elle s'en prenne à moi la foldingue ! J'ai couru vers la sortie avec les autres ! C'est quand je suis restée sur le parvis à attendre que les secours arrivent que j'ai entendu d'autres gens qui disaient qu'elle avait retourné l'arme contre elle et qu'elle était morte aussi.

– Bon sang de bon sang ! T'es un ange mon petit chat ! Je t'embrasse tiens !

– Je savais que ça t'intéresserait ! Mais te presse pas, y a plus personne à arrêter !

Il lui appliqua un gros baiser sur la joue, lui laissant une marque rouge semblable à sa cicatrice.

Chapitre 22

Bouvier pressa le pas rue Jeanne-d'Arc, il entendait déjà les commères répandre la nouvelle. Par petits groupes, des gens colportaient l'affaire. À mesure qu'il s'approchait de la cathédrale par la rue du Gros-Horloge, il voyait des mines incrédules ou défaites, partageant l'effervescence qui secouait la ville depuis une heure. Soudain, les cloches déclenchèrent leur tumulte et toute la ville sembla battre au rythme du tocsin.

Bouvier fit irruption au milieu de ses collègues qui inter- rogeaient les nombreux témoins sur le parvis, relevant les identités et les informations que chacun délivrait dans un brouhaha assourdissant. On avait disposé des tables en toute hâte, à même le pavé, et des chaises de paille accueillaient cette faune endimanchée. Tous semblaient revivre l'acte avec un effarement encore intact. Bouvier salua Poussin et s'installa à ses côtés, se portant tout de suite aux nouvelles.

– Je te croyais à la plage ! ironisa l'inspecteur.

– Arrête ton char et raconte...

– Glâtre s'est fait poignarder... Une lame de couteau de cuisine dans l'abdomen... Il est entre la vie et la mort. L'auteur des coups est une femme de 47 ans, une certaine Simone Berg. Personne ne la connaît ici et pour cause, c'est pas vraiment sa chapelle... Elle est israé- lite... On pense que c'est un attentat religieux... Alors avec la venue prochaine de Coty, on met le paquet tu penses bien...

– Un attentat religieux ? reprit Bouvier sceptique.

– C'est ce qui se dit... Mais il y a un détail qui peut t'intéresser... Elle a crié « Tu as tué mon fils ! » à plusieurs reprises pendant qu'elle le saignait. Tu penses qu'il y aurait un rapport avec les petits du dessous ?

Bouvier demeurait dubitatif. Assis en plein soleil, parmi le grondement parfumé de l'élégance provinciale, tout se bousculait dans sa tête.

– C'est impossible ! Personne n'en a parlé.

– Es-tu sûr ? Qui est descendu dans cette crypte ? Qui nous a prévenus ?

– Samson ? Cet abruti ? Je ne pense pas qu'il ait parlé à qui que ce soit.

– Ce n'est pas à lui que je pense...

Le commissaire lut la réponse dans les yeux de son adjoint.

– Bon sang, l'architecte ! Langlois ! Tu as raison...

Les cloches s'arrêtèrent soudain tandis que les témoins continuaient de s'époumoner sous l'immense porche de l'édifice.

– Suis-moi ! fit Bouvier en se levant prestement. Ils tournèrent à l'angle de la tour de Beurre et se dirigèrent vers l'archevêché. Ils pénétrèrent dans le jardin où des hommes en robes et des femmes voilées se rassemblaient autour de l'abbé Guimard, qui commentait les derniers communiqués que les médecins de l'hôtel-Dieu lui avaient relatés à l'instant, par téléphone.

– Monseigneur est en salle d'opération et les chirurgiens tentent actuellement de suturer les différentes lésions. Ils m'ont confié que malgré leurs dévouements et leurs compétences, nos prières guideraient leurs gestes. Pour Monseigneur que la grâce du Seigneur accompagne... Au nom du père, du fils, du Saint-Esprit...

Tous s'agenouillèrent pour prier ardemment. Seuls Bouvier et Poussin restèrent debout.

– Et merde... lâcha Bouvier.

– Qu'est-ce qu'on fait ?

– Il nous faut l'adresse de Langlois ! Je pensais que quelqu'un aurait pu nous renseigner ici...

– En admettant que notre idée soit juste, que Langlois connaissait Simone Berg, elle avait peut-être noté son adresse...

– Tu as raison ! Où crèche-t-elle ?

Poussin sortit son calepin où il notait tout avec la minutie d'un clerc.

– 34 rue des Bons-Enfants.

– Allons-y !

L'inspecteur hésita un instant.

– Qu'y a-t-il ?

– C'est-à-dire que je suis responsable de l'enquête ici… Je dois accompagner les hommes…

– Très bien, reste ici et essaie de récolter tout ce que tu peux sur elle. À tout à l'heure… Merci, vieux !

Chapitre 24

Un petit attroupement s'était constitué devant la porte du réduit de Simone Berg. Aussi incroyable que cela paraisse, la rumeur avait déjà le nom du coupable ! Des curieux, que le vice poussait à la stupidité, essuyaient la crasse des petits carreaux pour regarder l'intérieur miteux de la « tueuse », comme on l'appela dès lors, dans le quartier. Bouvier se fraya un chemin parmi cette bande de crétins enragés. Certains haussèrent le ton, pestant contre lui, comme on le fait pour avoir les meilleures places à un spectacle. Il sortit sa médaille de commissaire et mit tout le monde d'accord. Il attrapa le col d'un vautour plus tenace que ses congénères qui, accroché à un volet branlant, ne voulait pas décarrer.

– Tu vas me foutre le camp, dis ! Qu'est-ce que vous cherchez tous, là ? Mais bon Dieu, vous ne pouvez pas vous en empêcher hein ? Allez chez Rancy ou chez Bouglione ! Ils ont besoin de singes comme vous là-bas !

La foule se dispersa pour se réunir deux maisons plus loin, épiant chaque geste du commissaire. Ils poussèrent un « oh ! » de stupéfaction comme au feu d'artifice, lorsque celui-ci mit un coup d'épaule sur la maigre porte qui céda aussitôt.

La pièce sentait l'humidité et la vieillerie. Un bol et des miettes se mêlaient aux arabesques criardes de la toile cirée. Un rideau de perles peinait à dissimuler une cuisinière poisseuse et un évier gluant où l'on distinguait des traces de savon parmi les écuelles et les épluchures qui s'entassaient sur l'émail grisâtre. À droite, dans une pièce crépusculaire, finissait de moisir un lit à baldaquin qui avait sûrement eu son heure de gloire quelques siècles plus tôt. Il continua de fouiller. Un meuble jaune pisseux renfermait tout le patrimoine de la locataire : un reste d'argenterie, de la vaisselle en porcelaine et un paquet de lettres soigneusement ficelées dans un sac imperméable. Bouvier trouva également quelques photos jaunies. Cinq en tout. On voyait Mme Berg en costume de bain sur la plage à Deauville, pendant les années folles. Puis, le portrait d'un homme en complet, portant au bras ce drôle d'accessoire où l'on plante des aiguilles à couture. Bouvier alluma la lampe au-dessus de la table et approcha l'ampoule de la photo. Il reconnut la boutique devant laquelle il posait : *Chez Guy*. Il se souvint parfaitement de Guy Berg, un célèbre couturier très en vogue à l'époque. Il trouva trois autres photos d'enfants. Sur la première, un garçonnet de 3 ou 4 ans avec son cerceau, au dos de l'épreuve, on lisait ces mots : *Serge 1933* ; sur les autres on le voyait avec ses petites sœurs. Les Berg avaient quatre beaux enfants. Bouvier s'attarda sur la photo du garçon qui devait avoir 12 ans, on voyait une étoile jaune sur son veston, les gamines arboraient également ces affreux bouts de tissus.

Simone était certainement la seule rescapée de la famille Berg. Comme tant d'autres familles juives, celle-ci fut presque entièrement décimée sous le joug nazi avec l'aide de l'excellente Administration française. Il mit les photos dans son portefeuille. Il ouvrit tous les tiroirs, trouva de vieux calepins, où l'écriture au crayon devenait illisible, il tourna et retourna encore le maigre bric-à-brac qui constituait le quotidien austère de Simone Berg, toujours à la recherche d'un indice le mettant sur la piste de Langlois. Il cherchait une explication à tout ceci, mais sa quête demeurait vaine, il s'apprêtait à repartir lorsqu'il vit un dessin épinglé sur le montant des vitres. C'était une esquisse, réalisée dans un style moderne, qui tranchait avec ce qui servait de décor. Un portrait, certainement celui de Simone Berg, un portrait récent car on devinait un visage fatigué, morne. Il détacha la punaise qui le fixait et fit tomber une petite carte de visite épinglée sous le croquis. Il ramassa et lut le bristol.

Étienne Langlois
Architecte aux Chantiers de France
104, rue Verte 76000 Rouen
Téléphone : Rouen gare 4870

Il tenait en main ce qu'il était venu chercher. Il tâcha de refermer au mieux le reste de porte lorsque, se retournant vers la rue, il fut ébloui par le flash d'un appareil photo. Le journaliste allait refaire un second portrait lorsque Bouvier lui saisit l'appareil des mains et arracha le film, menaçant le photographe de lui foutre une volée si un seul cliché paraissait dans son canard.

– Si tu veux voir ma tête, tu vas la voir de près ! Allez, fous-moi le camp !

– Je ne fais que mon travail, commissaire… Vous n'êtes pas chic !

Deux agents firent irruption à l'angle de la rue. Bouvier les interpella et leur demanda de rester en faction devant l'immeuble. Puis, il remonta la rue Jeanne-d'Arc jusqu'à la gare, entama la longue artère sur la gauche, regarda les numéros et s'arrêta devant le 104.

Chapitre 25

– Jacques, j'ai entendu des coups de feu…
– Chut, je les entends, ils sont là…
– Chut !
– Merde ! C'est eux…

– *Sie sind da !*

– *Nous tuez pas ! Je vous en supplie !*

– *Tais-toi !*

– *Ils ont disparu…*

– *Ils ne nous ont pas vus… J'ai entendu d'autres voix… Elles sortaient des pierres…*

– *Merde… Ils ont éteint les torches… C'est ça… Ils veulent nous faire peur… Juste nous faire peur…*

*
* *

La grille donnant sur le jardin était ouverte. Bouvier la franchit et découvrit une petite maison cossue dont la porte d'entrée était béante.

– Monsieur Langlois ? Vous êtes là ?

Aucune réponse ne lui parvint. Il entra, découvrit un salon dont les murs étaient recouverts de tableaux abstraits, une sculpture du même style trônait sur un socle en matière plastique. Il grimpa à l'étage. Dans la chambre, les armoires étaient ouvertes et une valise bâillait encore sur le lit. Des chemises et un veston traînaient sur le parquet. Il était évident que l'architecte venait juste de faire ses bagages dans la précipitation. Quelques heures plus tôt, Bouvier aurait pu mettre la main dessus. Il redescendit, jeta un coup d'œil sur les toiles qui étaient toutes signées de Langlois, puis se dirigea vers le bureau. Une carte Michelin était dépliée sur la table à dessin. Aucune indication n'y était mentionnée.

– Ah le petit con ! Il a filé Dieu sait où…

Bouvier fouina encore un peu à la recherche d'indices, puis ressortit et alla sonner chez les voisins. Un homme en tenue de cycliste courut vers lui, sa bicyclette à la main.

– J'arrive, les gars ! Où est Roland ? Et vous ? Vous n'êtes pas venu en vélo ?

– Police… Je suis à la recherche de votre voisin, Étienne Langlois.

– Ah bon ? Excusez-moi, je vous prenais pour un de la bande. J'attends des copains pour une virée. Vous cherchez l'architecte ? Il n'est pas chez lui ? Tiens, c'est bizarre… Quoique je n'ai guère vu de lumière à ses fenêtres ces jours derniers… Il a dû prendre des congés ! Il n'arrête pas de travailler ce petit ! Il a fait quelque chose de mal ?

– Non… Rassurez-vous. A-t-il une auto ?

Ma foi oui, et un vélo aussi ! Un demi-course Hirondelle avec un dérailleur Manufrance et un double plateau comac !

– Quel modèle ?

– Un dérailleur Simplex Rt10, pourquoi ? Vous êtes de la partie ?

– Je parle de son auto…

– Ah ! Un bolide anglais ! Une petite auto verte… C'est le même nom que l'actrice… Comment s'appelle-t-elle donc ? Vous savez avec Gabin… « T'as de beaux yeux… »

– Morgan ?

– Oui, c'est ça ! Une jolie poupée d'ailleurs…

– Vous connaissez son numéro de plaque ?

– Non ! Mais vous pouvez demander à ses parents. Ils habitent plus haut, au numéro 66.

Des crissements de freins rugirent devant la porte, trois gaillards en bicyclettes hélèrent leur collègue. Ils mirent pied à terre, faisant cliqueter leurs drôles de chaussures sur le bitume.

– Alors, Gaston ? On t'attend mon vieux ! Tu causeras demain… Allez enfourche et que ça saute ! cria l'un d'eux.

Le voisin s'excusa auprès du commissaire, déjà tout excité à l'idée de retrouver ses camarades.

– Je peux y aller ? demanda-t-il avec une impatience qui lui donnait des fourmis dans les jambes.

– Mais oui, je vous remercie et bonne balade ! dit Bouvier, amusé par cette équipée de vieux bambins.

– On va rouler une centaine de bornes, pour se dérouiller les jambes et entamer l'été… répondit crânement le plus gros.

Bouvier remonta la rue sur une centaine de mètres, là où les maisons se transformaient en demeures et où les murets devenaient remparts. Il pénétrait chez les riches, à quelques mètres du peuple à vélo. Il stoppa devant une large grille en fer forgé, tira la chaîne et entendit un bruit de clochette au loin. Il patienta trois longues minutes lorsqu'une bonne à la mine triste ouvrit l'entre-porte.

– Monsieur désire ? demanda-t-elle avec le dédain emprunté à ses patrons.

– Police… M. et Mme Langlois sont-ils là ?

– Ils se reposent monsieur ! s'offensa-t-elle, c'est l'heure de leur sieste… Pouvez-vous repasser dans une heure ou me laisser votre carte ?

– Réveillez-les, fit Bouvier en franchissant le seuil.

– Mais enfin ! Je ne peux pas !

– Mais oui, mais oui… dit-il fermement en prenant la bonne par le bras.

Il arpenta d'un pas vif la longue allée, franchit le perron et fit irruption dans un mini-Versailles, où les dorures et les lustres de cristal étaient entreposés comme dans une vente au poids.

– Où sont-ils ?

La bonne arriva tout essoufflée en cherchant à calmer ses ardeurs. Profaner le sommeil de ses maîtres ! Comment pouvait-on perpétrer un tel outrage ? Soudain, Bouvier se retourna vers elle et l'interrogea à brûle-pourpoint.

– Dites, ce sont les Langlois de la *Banque Hartman & Langlois* ?

– Évidemment, qui pensez-vous que ce soit ? Mais, vous, qui êtes-vous vraiment ?

– Trouvez-les et dites-leur que le gendre Pagèle est là et veut les voir immédiatement !

– Pagèle ? Vous êtes de la famille du ministre ? demanda-t-elle à moitié rassurée.

– J'en suis, lâcha-t-il d'un ton agacé.

Un vieil homme arriva, en costume et gilet, les cheveux argentés légèrement hirsutes et l'air très contrarié.

– Enfin, Rose-Marie que se passe-t-il ? Qui est ce monsieur ?

– Je suis Kléber Bouvier… Le mari de Clémence Pagèle…

L'hôte ajusta un authentique monocle et scruta le visage de l'importun de plus près.

– Mais oui, mais oui… Je vous reconnais… Le gendre d'Oscar… Bien sûr ! Vous êtes, il me semble, commissaire de police…

– Divisionnaire…

– Ah bien ! Bien…

Son monocle observait le policier de la tête aux pieds, cherchant un lien entre sa fonction, sa présence à son domicile et la perturbation que tout cela entraînait. Même si le nom de Pagèle lui servait de sésame, son grade dans cette famille était peu élevé et l'exercice de son métier toujours un peu inquiétant, surtout un dimanche à l'heure de la sieste.

– Je cherche votre fils.

– Étienne ? Que diable ! Et pour quelle raison ? demanda-t-il d'un ton presque amusé.

– Rassurez-vous, je voudrais le voir en qualité de témoin.

– Ah ! En qualité de témoin… Eh bien soit… Si vous voulez bien me suivre, cher commissaire.

Le vieil homme se dirigea vers son bureau, ouvrit un coffret qu'il présenta à celui qu'il considérait maintenant comme son semblable.

– Cigare ?

Bouvier savait qu'il devait se plier aux règles que lui imposait le maître de maison. Fumer un cigare en évoquant l'affaire d'un air détaché, comme le ferait n'importe quel gentleman, était un rituel élémentaire par lequel il devait passer s'il voulait des informations concernant le fils. La fréquentation des cercles de son beau-père l'avait rompu à ce type d'exercice. La bonne apporta les liqueurs, Bouvier choisit la même chose que son hôte sur les recommandations implicites de celui-ci, ils tournèrent le liquide ambré dans leurs verres respectifs, tous deux assis dans de confortables fauteuils, le banquier reprit le fil de la conversation.

– Je n'ai pas vu Étienne depuis trois jours. Il est un peu bohème vous savez… C'est un architecte…

La moue que fit Alphonse Langlois à l'égard de cette corporation n'était que la face apparente d'un dépit plus profond. Son regard trahissait en effet une grande amertume.

– C'est l'artiste de la famille… Il aurait voulu être peintre, mais comme vous le savez, cher ami, pour qu'on vous reconnaisse un talent dans ce métier, il faut être né dans le ruisseau ou demeurer ascète toute sa vie… Surtout pour le genre de gouache qu'il étale sur ses toiles… Enfin… Toujours est-il, n'est-ce pas, que ce n'est pas avec des pinceaux qu'on peut se payer des voitures de sport… Ni aux Chantiers français d'ailleurs, où il est payé une misère… Mais au moins, je lui ai trouvé une place… Grégoire de la Mirette, le directeur des Chantiers français est un ami… Il est enchanté du travail d'Étienne mais ne délie pas sa bourse pour autant…

Il soupira, avala son cognac d'un trait, puis reprit :

– Je m'attendris avec l'âge, commissaire… Oui… Si je m'écoutais, Étienne serait mis au pas… Je le laisserais choir dans ses chimères, sans lui verser le moindre centime. Mais que voulez-vous, sa maman encourage ses vices. Enfin… Je lui ai payé les meilleures écoles afin qu'il soit toujours élevé dans le plus grand respect de la discipline. J'ai exigé qu'il intègre les pensionnats les plus stricts jusqu'à l'obtention de son baccalauréat. Rien de tel que la vie spartiate des instituts catholiques pour vous forger un caractère honnête et droit. Mais la guerre et surtout la débauche qui s'en est suivie ont conduit notre jeunesse vers le désœuvrement, l'utopie et la luxure… Conditionnée par les musiques de nègres, les zazous et les autos de sport…

Le banquier acheva son verre et se versa une nouvelle rasade.

– En parlant de voiture… reprit Bouvier, il possède un modèle anglais je crois savoir… Connaissez-vous l'immatriculation ?

– Je vais vous donner cela tout de suite… Permettez ?

Il actionna un bouton électrique sur son bureau et un homme ganté de blanc arriva.

– Mathieu, voulez-vous m'apporter le dossier auto de M. Étienne ? Vous le trouverez dans le secrétaire de ma chambre, troisième tiroir de droite…

– Bien monsieur.

Les deux hommes continuèrent de déguster leurs cigares, les volutes grises comblant le confortable silence qu'ils installèrent tacitement. Le majordome apporta un dossier sanglé. Alphonse Langlois ajusta son monocle et trouva tout de suite le papier où était consignée l'information demandée.

– Il possède une Morgan *plus four* (son accent anglais était parfait) de 90 chevaux immatriculée 678 M 76. Êtes-vous satisfait ?

– Pleinement… J'espère le trouver au plus vite pour éclaircir une simple affaire de routine…

Alphonse Langlois sourit, incrédule.

– Une affaire si simple qu'elle vous amène à mon domicile en toute hâte… Un dimanche qui plus est.

Il regarda Bouvier dans les yeux lorsqu'il lui serra la main, le congédiant par le fait. Sur le perron il ajouta :

– J'espère que Monseigneur s'en tirera… Mme Langlois ne cesse de prier pour lui depuis ce matin… Elle était à la cathédrale… Elle est encore très bouleversée par cet acte ignoble… Elle n'a cessé de pleurer dans l'auto, m'a affirmé Mathieu qui la conduisait comme chaque dimanche… Mais j'y pense… Elle m'a dit apercevoir Étienne à la messe ! Il était au fond dans les derniers rangs et Bernadette s'assoit toujours aux premières places… Cela m'était sorti de la tête, veuillez m'excuser commissaire… Enfin, pour Monseigneur, c'est affreux… Dans quel monde vivons-nous, si l'on admet des crimes si vils… n'est-ce pas commissaire ? J'ai ouï dire que la meurtrière est israélite ? Allez savoir ce qu'ils ont en tête, maintenant, ces gens-là… Enfin…

– Il n'est pas revenu avec sa mère ?

– Non, il est certainement reparti dans sa propre auto. Soyez assuré que je presserai Étienne de vous appeler dès qu'il rentrera. Avez-vous une carte ?

Bouvier lui tendit un bristol racorni et se retira, traversant le jardin sans se retourner, se sachant épié par le monocle.

Chapitre 26

– Quelle histoire !

Legendre arpentait les couloirs, serrant obligeamment les mains que certains lui tendaient. Poussin avait décidé de convoquer au commissariat tous les témoins principaux. Au premier rang de la scène du crime se trouvaient certains notables de la ville. Beaucoup avaient décliné le rendez-vous avec l'inspecteur, promettant de revenir dans la semaine ; les autres étaient là, dans leurs costumes ou leurs robes claires, évitant autant que possible de se frotter à la poussière des lieux. Et Legendre de défiler parmi eux, confus d'accueillir dans de telles conditions des personnalités qu'il rencontrait d'habitude dans des salons plus feutrés. Il n'avait qu'un mot à la bouche lorsqu'il croisait un congénère.

– Quelle histoire !

Legendre ouvrit la porte de l'inspecteur Poussin, qui était en train de taper une déposition à la machine avec la dextérité d'une secrétaire expérimentée. L'inspecteur acheva sa sonate, tira le feuillet de la machine, le fit signer et remercia le jeune homme. Le directeur referma et tira le verrou derrière lui.

– Alors ? fit le directeur à voix basse, la mine toujours déconfite.

– J'ai vu trois personnes qui la connaissaient… Elle travaillait aux PTT rue Jeanne-d'Arc et logeait rue des Bons-Enfants. Veuve, vivant seule, une femme sans histoire. Son épicier m'a dit que si elle ne roulait pas sur l'or, elle n'a jamais voulu faire crédit et devait certainement faire la danse du ventre en fin de mois.

– Elle était juive à ce qu'on raconte…

– Personne ne m'a parlé d'une quelconque dévotion… Mais il y a l'histoire de son fils… Je pense que cela peut avoir un rapport avec l'affaire de la crypte…

– Ah non ! Vous n'allez pas encore me déballer vos salades ! Cette femme était folle et personne ne s'en est aperçu, voilà tout ! On peut écarter l'attentat politique sans exclure tout à fait le message religieux… C'est bien ça qui inquiète en haut lieu… Coty et la délégation papale doivent débarquer dans quinze jours et je n'aimerais pas apprendre que l'attentat de ce matin ne fut qu'une répétition avant la générale !

– Permettez-moi d'insister, monsieur le directeur… Plusieurs témoins m'ont affirmé que Langlois, l'architecte qui nous a contactés pour cette affaire, était présent à la messe ce matin…

– Eh bien tant mieux !

– Et deux personnes m'ont déclaré qu'il a appelé cette femme, la suppliant d'arrêter son geste… Il l'a appelée par son nom… Et il s'est enfui tout de suite après…

– Tout le monde s'est enfui !

Legendre haussait le ton, voulant mettre un point final à cette discussion, cependant Poussin, loin d'être ébranlé, persistait sur le même ton.

– Certains sont encore là…

Le directeur pointa son index vers l'inspecteur.

– J'espère que vous aurez autre chose à me sortir à l'avenir ! Je veux savoir si cette bonne femme était folle ou adepte d'une secte de zozos. Dans la seconde hypothèse, il faudra que j'en rende compte au ministre qui avisera en dernier lieu de la pertinence de la visite présidentielle… C'est tout ce que je veux entendre !

Bouvier entra au même instant. Il comprit tout de suite l'ambiance de défiance de son supérieur à l'égard de leur enquête. Il fronça les sourcils et prit son air le plus renfrogné.

– Je vous croyais en vacances, vous ? fit Legendre agacé.

Bouvier salua à peine son supérieur. Il prit une chaise et s'assit devant son adjoint, oubliant totalement la présence de l'autre.

– J'ai trouvé ça chez elle…

Il tendit la carte de visite de l'architecte.

– Donc ils se connaissaient, reprit Bouvier.

– Je disais justement que des témoins l'ont vu et entendu crier son nom dans la cathédrale, il voulait arrêter son geste, dit Poussin.

– Tu sais qui est Étienne Langlois ? Le fils des banques Hartman & Langlois... Je viens de voir son père qui n'a pas une grande considération pour son rejeton.

– Vous avez parlé avec Alphonse Langlois ? À quel titre, je vous prie ? fit Legendre inquiet à l'évocation du nom d'un nouveau notable dans cette histoire.

Bouvier se tourna vers son supérieur et le fixa d'un œil noir.

– Êtes-vous idiot ou imbécile, Legendre ?

– Comment ? Je ne vous...

– Vous me gênez, Legendre ! Vous m'empêchez de faire mon travail ! Quand j'en aurai terminé avec cette enquête je ferai un rapport sur votre comportement ! Il est nuisible à la bonne marche de la justice de ce pays. Je me passerai de votre permission et je vais même appeler le préfet Martineau pour le lui dire. Nous étions du même réseau en 1943 et il me doit un retour d'ascenseur.

Legendre faillit s'étrangler. Ne trouvant pas ses mots, il préféra quitter la pièce.

– Tu y vas fort, là ! fit Poussin le sourire en coin.

– Bah ! Qu'est-ce que je risque ?

Il chercha ses cigarettes, trouva un paquet chiffonné dans une de ses poches, en sortit une complètement rabougrie, s'appliqua à lui restituer sa forme originelle puis se posta près de la fenêtre. Un jeune inspecteur entra brusquement.

– Vous avez écouté le poste ? Glâtre est tiré d'affaire ! Aucun organe vital n'a été touché...

Les deux anciens ne réagirent guère à la nouvelle, l'un fumant à la fenêtre, l'autre achevant une cocotte en papier... Le messager attendait tout de même une formule de politesse en guise de remerciement. En vain.

– Dites pas merci surtout ! Ah bah ! J'ai déjà vu des gueules plus chouettes !

Il referma la porte alors que les deux autres continuaient leurs besognes en silence. Bouvier écrasa son mégot et revint s'asseoir sur le bureau.

– Quels rapports peuvent avoir une postière juive et le fils de la banque Langlois dont les parents sont de fervents catholiques ? Un attentat religieux ? Si tu avais vu le boui-boui où elle vivait, tu comprendrais... Il y a longtemps qu'elle n'avait plus foi en rien, la pauvre... Qu'est-ce qu'ils fabriquaient ensemble, ces deux-là ?

– Les Berg et les Langlois se sont peut-être fréquentés avant-guerre ?

– Oui, peut-être... Quoique je ne les vois guère évoluer dans les mêmes mondes... Les Berg ont peut-être eu une vie confortable avant-guerre, mais sans rapport avec la fortune des Langlois. Il faut au moins s'appeler Pagèle pour entrer dans leur cercle...

– Tu n'es pas un Pagèle, toi ? lui glissa Poussin.

– Bof ! Les chats ne font pas des chiens... Même si j'ai appris à aboyer autrefois.

Bouvier tourna en rond, faisant craquer le vieux parquet de l'antique bâtisse.

– Étienne Langlois s'est enfui en auto... reprit-il, j'ai fait un signalement avec son numéro de plaque et le joujou *british* qu'il pilote est facilement repérable... Je pense qu'on ne devrait pas tarder à le retrouver. Lui seul peut nous apporter la réponse. Ce garçon connaît la vérité depuis le début...

– Quelle vérité ?

Bouvier regarda l'inspecteur et haussa les épaules.

– Tu as raison, quelle vérité ? Une vérité atroce qui a emporté huit gamins... Une vérité qui laisse des traces qu'on se dépêche d'éponger...

Bouvier alla chercher deux bouteilles de bière qui trem-paient dans un seau en zinc dont on s'appliquait à renou-veler l'eau fraîche toutes les heures. Ils burent au goulot, tous deux renversés sur leurs sièges.

– Si Glâtre s'en sort, il nous parlera peut-être, dit Poussin.

Le téléphone sonna, l'inspecteur décrocha et sans plus attendre tendit le combiné à Bouvier.

– C'est pour toi... Alphonse Langlois...

– Je vous écoute, monsieur Langlois... Comment dites-vous ? Un ami... Attendez, je prends de quoi noter... Oui...

Et je peux le trouver là-bas... Non ? Entendu... Je compte sur vous...

Bouvier prit le petit calepin de son adjoint, y griffonna un nom et une adresse et remercia le banquier de sa diligence.

– On ne peut pas dire qu'il porte son fils dans son cœur celui-là, dit Bouvier. Il vient de me révéler où il était planqué... Il m'a dit cela comme on balance un vulgaire criminel... Non, il ne le porte pas dans son estime, et je commence à comprendre pourquoi... Il n'est pas prêt de se reproduire, le fiston, si tu vois ce que je veux dire... Il est chez un ami... très cher... « intime » comme dirait son père...

– Je vois... Un camarade de chambre...

Bouvier regardait le soleil s'éteindre sur le lit de la Seine. Tout semblait s'écouler lentement à cette heure, maintenant que le défilé des témoins se tarissait. Il les voyait sortir par grappes dans la grande cour, certains montaient dans leur limousine, d'autres repartaient à pied, commentant encore l'évènement. Quelle histoire ! Même si Monseigneur en réchappait, ce drame à la cathédrale marquerait les mémoires rupines. Alors que la dernière auto noire démarrait, un calme précaire s'installa dans les couloirs du commissariat.

– Son minet vit à Honfleur, reprit Bouvier.

– Tu vas y aller ?

– Non ! La maman d'Étienne l'a prié de rentrer au plus vite... Et apparemment il n'obéit qu'à sa maman...

– S'il avait été une petite frappe des faubourgs, on ne se serait pas gêné pour aller le trouver...

– T'as raison, camarade.

Chapitre 27

Les couloirs résonnaient du bourdonnement des prières. Une trentaine de dévots s'étaient agglutinés près de la chambre de l'évêque, tous agenouillés, ils égrenaient leurs chapelets, les yeux clos, tandis que leur chef en robe, l'abbé Guimard, leur donnait le « la ». Les infirmières et les médecins y allaient aussi de leurs petits signes de croix lorsqu'ils passaient près de la petite procession. Le chirurgien, le Dr Zelligman, sortit enfin de la chambre, entouré de trois médecins, dont le Dr Galien. Leurs larges sourires soulagèrent d'emblée les fidèles. Zelligman prit la parole :

– Mes chers amis, j'ai de bonnes nouvelles à vous communiquer. Mgr Glâtre est tiré d'affaire ! Il est conscient et tient à vous remercier de votre soutien et me presse de vous lire ceci : « *Je vous enjoins, dès à présent, d'adresser vos prières et votre miséricorde à cette malheureuse femme victime de son propre geste. Accordez-lui votre pardon, comme je l'ai déjà fait, et puisse le Dieu d'Abraham l'accueillir en son sein.* »

– Pour ma part, reprit le chirurgien, je vous prie de bien vouloir libérer les couloirs afin que le personnel de l'hôpital puisse reprendre son service normalement. Mesdames, messieurs, monsieur l'abbé… en vous remerciant de votre compréhension.

La petite troupe s'ébranla. Le sourire aux lèvres, chacun commentait la résurrection de l'évêque. Bien peu se recueillaient pour la défunte…

Zelligman retourna seul dans la chambre, l'évêque, encore très faible, avait cependant entendu les échos de la déclaration.

– Je vous remercie, professeur Zelligman…

Le chirurgien s'approcha de son patient, il se pencha vers lui et chuchota :

– C'est moi qui vous remercie, Monseigneur… Je sais tout ce que vous avez fait pour ma famille pendant la guerre… Surtout pour les enfants…

Soudain, l'évêque lâcha la main de son sauveur et une lueur d'effroi traversa son regard. Le médecin perçut sa faiblesse mais, ignorant la vraie nature du trouble, il songea à un relâchement brutal de sa tension. Symptôme parfaitement compréhensible après une telle opération. Il préféra accorder du repos à son patient et se retira en silence. L'évêque se redressa, prit son chapelet et pria, les mains crispées sur les perles de nacre.

Chapitre 28

Bouvier était monté dans les greniers poussiéreux du commissariat, il profita que la chaleur estivale, à cette heure matinale, n'embrasait pas trop les ardoises de la soupente. Il était accompagné de Gaston Ducroq. Il connaissait les archives comme sa poche. Surtout celles concernant le « problème juif » entre 1941 et 1944. Il se dirigea tout de suite vers de larges armoires métalliques, sortit un trousseau de clés et ouvrit sans peine les trois portes derrière lesquelles on devinait de longs tiroirs emplis de paperasse.

– Que cherches-tu au juste ? demanda Ducroq, ravi d'être dans son élément.

– Des renseignements sur la famille Berg. Guy Berg et sa femme Simone. Lui était couturier, il tenait une boutique place des Carmes.

– Oh oui ! Je me souviens, le couturier des rupins.

– Tu pourrais trouver ça ?

Il observait le crayon de son collègue gratter méticuleusement le papier de son cahier, prenant ses notes à la lueur du petit vasistas qui éclairait la poussière des lieux.

– Ils avaient quatre enfants, ajouta Bouvier.

Ducroq s'avança vers une colonne de tiroirs, promena la pointe de son crayon dans les airs puis stoppa son geste sur l'un d'eux. Il tira un long wagon dont les roulettes rouillées crissèrent sur les rails trop étroits, il mit son nez dans les fiches et extirpa l'une d'elles.

– Guy Berg… Non ce n'est pas quatre mais trois ! Trois filles : Sarah, Anna et Marthe… Une femme Simone… Tous déportés le 20 février 1944.

– Tu es sûr ?

– Regarde toi-même…

Ducroq tendit le cahier et la fiche de la famille Berg au commissaire. Il découvrit en effet cinq noms sur la feuille de déportation. Il approcha les documents sous le halo de l'ampoule pour vérifier les dires de son collègue et s'aperçut, avec un dégoût contenu, que l'écriture du cahier et de la fiche était du même auteur. Il n'osa pas regarder Ducroq dans les yeux lorsqu'il lui rendit son bien.

– Pourtant ils avaient un garçon, affirma Bouvier.

– Attends, je vais regarder autre part.

Ducroq s'enfonça dans les méandres des tiroirs et des classeurs qui obstruaient tout l'espace de ces vastes greniers. Il farfouilla encore un long quart d'heure puis s'écria soudain :

– Je l'ai ! Serge Berg ! Je te donne sa fiche ? Bah lui, il a sauvé sa peau on dirait… Ils ont dû le planquer quelque part… Les autres par contre ont eu moins de chance… les frangines et le père… Ils sont tous morts… Ah non tiens ! Pas la mère… J'ai là une note de recensement en date du 18 mars 1947. C'est bizarre ça, je n'ai pas trace du petit Serge… Je vais corriger la fiche… Cela doit être une erreur de report…

Ducroq semblait agacé par cette anomalie. L'amour du bel ouvrage était tenace chez lui. Bouvier hésita à s'en féliciter. Le greffier gribouilla encore un peu plus son cahier, puis il remit tout en place.

– Tu sais, si je n'étais pas là, il n'y aurait plus de dossiers ici ! Ils devraient être détruits ou remis à la préfecture. Je blague pas ! C'est interdit de conserver ces papelards… Heureusement que personne ne monte jamais à part moi, dit-il, un clin d'œil complice au commissaire.

Bouvier serra la main moite de son collègue, le remercia et descendit à son bureau. Les salles des inspecteurs étaient vides, Poussin aussi avait déguerpi. Un hold-up aux usines Queval à Elbeuf avait mis toute la maison sur les dents. Il y avait eu une fusillade, le gardien de l'usine avait été abattu, son corps gisant au beau milieu de la cour. Les gangsters avaient tenté de rafler la paie des ouvrières, un butin de plusieurs millions. Les salaires hebdomadaires de trois cents femmes qui avaient sué chacune cinquante heures, dans le vacarme des filatures pour toucher leurs trois mille francs. Les voyous n'avaient pas hésité à tirer à la mitraillette. Le commissaire était heureux de ne plus faire partie de ces équipées armées, laissant ce genre de westerns se tourner sans lui à présent. Par chance, le métier lui avait épargné les balles, mais il savait que la providence l'abandonnerait un de ces jours, s'il insistait.

Il était donc seul dans les couloirs de l'étage. Cette solitude imprévue lui parut soudain désagréable, presque douloureuse. Il eut subitement l'envie, le besoin de parler à quelqu'un, il sentait un flot de larmes lui serrer la gorge et la poitrine, pressant son corps tout entier.

Il décrocha le téléphone, hésita un instant à demander un numéro à l'agent du standard, puis lui dicta le Rouen gauche 26-37. Un grondement, puis un déclic, enfin une voix.

– C'est moi, Suzanne…

Il parla longuement avec elle, le souffle court, évoqua la décision de Clémence et le divorce qui devrait s'en suivre. Pourquoi n'était-il pas heureux de lui apprendre cette nouvelle ? Pourquoi n'était-il pas heureux d'entrevoir enfin un espoir de vie commune, de goûter enfin à la lumière respectable d'un amour qu'ils considéraient tous deux si naturel. Soulagement et chagrin se mêlaient confusément dans sa tête. Pourtant, il n'aimait qu'elle. Elle comprit tout ceci, comme toujours.

Il lui promit de passer dans la soirée. Quand elle lui proposa d'aller au cinéma, il ne déclina pas l'invitation, désireux de se changer les idées. Il raccrocha puis appela de nouveau le standard.

– Dis Dussart ? Est-ce qu'un dénommé Étienne Langlois a laissé un message pour moi ? Non ? Très bien, merci vieux.

Il se renversa dans son fauteuil, alluma une cigarette et rêvassa un instant. Soudain, il se releva, écrasa son mégot, prit son veston et dévala l'escalier. Il se rendit à l'hôtel, déterminé à récupérer ses effets chez Léone. Celle-ci apparut en maillot de bain derrière son petit paravent.

– Ah ! C'est toi… fit-elle un peu dépitée, excuse-moi, mais je dois te laisser seul pour la semaine, j'ai trouvé un micheton qui me paie des vacances à la mer…

– Tant mieux ! De toute façon, je venais reprendre mes affaires, tu as été très chic avec moi et si tu as besoin… Tu sais où me trouver.

– T'es pas fâché alors ? J'aime mieux ça… Tu t'en vas retrouver ta femme ?

Il ne répondit pas, profita encore un instant de ses courbes voluptueuses puis embrassa une dernière fois ses bonnes joues de campagnarde.

– Bonne chance, Jessy !

– À toi aussi, commissaire… Au fait, c'est-y vraiment beau ça, la mer ?

– Magnifique !

– C'est ce qu'on dit…

Chapitre 29

Son auto se fraya un chemin en contournant les ornières de l'avenue Gambetta mais fut stoppée par les travaux du boulevard de Verdun. Il dut faire demi-tour, sillonna les rues de la Croix-de-Pierre, parvint à l'hôtel de ville, puis emprunta la rue Jeanne-d'Arc jusqu'à la gare et s'arrêta devant le 66 de la rue Verte. Il tira la chaîne et Mathieu, le majordome, lui ouvrit le portail quelques minutes après.

– Bonjour, commissaire. Vous désirez voir M. Langlois ? Il est au jardin avec madame. Suivez-moi.

Le gazouillis des oiseaux se fondait agréablement dans la douceur du parc. Tout était à sa place, la verdure bien bordée, les arbres bien taillés et le gravier dans lequel ses souliers s'enfonçaient était d'un blanc immaculé. Ils parvinrent de l'autre côté du domaine. Mme Langlois était assise à l'ombre, ses lectures posées sur une tablette, tandis que monsieur faisait sa culture physique en costume de sport. Il s'épongea le front et vint saluer le commissaire.

– Bonjour, mon cher Bouvier…

Le banquier lança un regard furtif vers sa femme qui se leva promptement, salua le policier et s'empressa de quitter les lieux lorsque ce dernier la retint.

– Restez, madame, je vous prie, insista Bouvier.

– Ma femme n'a guère l'habitude de se mêler de mes conversations quand je parle affaires. Cela l'assomme à vrai dire… n'est-ce pas, Bernadette ? dit son mari, soudain mal à l'aise.

– Mais je ne suis pas venu vous parler affaires, monsieur Langlois, mais de votre fils, rétorqua Bouvier.

Mme Langlois se raidit lorsque le commissaire évoqua Étienne. Elle s'approcha de lui, sa voix commençant à trembler.

– Mon fils ? Mais que lui est-il arrivé ?

Bouvier allait répondre mais Langlois l'interrompit sèchement.

– Je vous en prie, commissaire, laissez ma femme en dehors de tout cela !

– En dehors de quoi ? demanda Mme Langlois à présent inquiète. Voyons, mon ami ? Que se passe-t-il avec Étienne ?

– Rien, absolument rien ! Laissez-nous Bernadette !

– Je croyais que madame était au courant, fit Bouvier devinant le malaise du banquier. Ne devait-elle pas l'appeler chez son ami à Honfleur ? ajouta-t-il d'un ton faussement candide.

– Comment ? Quel ami ? Et pourquoi serait-il à Honfleur ?

Cette fois Mme Langlois sommait son mari de dire la vérité. Alphonse Langlois la repoussa négligemment et pressa le commissaire par le coude pour l'entraîner vers le jardin.

– Vous n'êtes pas correct, commissaire… Je vous ai dit que je me chargeais de mon fils… Je vous ai prié de patienter une journée ou deux. Ce n'était pas la mer à boire ! Vous avez dit vous-même que l'affaire était mineure… Je ne comprends pas un tel empressement de votre part !

– Mais sachez, mon cher Langlois, que je m'interroge à votre sujet. Visiblement votre femme ignore tout de la situation d'Étienne. Vous m'avez affirmé qu'elle se chargeait de l'appeler pour le persuader de revenir. Or, je constate qu'il n'en est rien.

– Je vous ai dit de patienter !

Le commissaire observa le banquier avec défiance. Ainsi, celui-ci le considérait-il déjà à son service. Bouvier savait que la subordination était toujours de mise pour quiconque approchait cet homme redoutable. N'avait-il pas compris le message de la veille ? Alphonse Langlois lui avait *ordonné* d'attendre ses consignes ! Alors que faisait-il à cette heure dans sa propriété ? Bouvier, décidant de passer outre son assentiment, persista dans sa démarche.

– Je crois que vous cherchez à me berner, monsieur Langlois. Et je vous le déconseille fortement. Où est votre fils ? Je dois le voir impérativement !

– Je ne puis souffrir votre incivilité plus longtemps et vous prie de quitter ma demeure sur le champ. J'en parlerai à vos supérieurs et au ministre Berlimond que je vois après-demain. Autant dire, cher commissaire, qu'à l'avenir, ce qui vous sert de langue vous servira seulement à coller des timbres !

– Vous ne m'impressionnez pas, Langlois, répliqua posément Bouvier. J'ai passé l'âge d'entendre ce genre de balivernes. Parlez à votre ministre autant que vous voudrez, peu m'importe. Maintenant, expliquez-moi pourquoi votre fils cherche à se cacher ? Qu'a-t-il à craindre à me rencontrer ? Et pourquoi couvrez-vous sa fuite ?

– Je n'ai rien à vous dire, sortez ! ordonna Langlois, dont le visage commençait à s'empourprer.

Bouvier tourna les talons et traversa le jardin en direction de Mme Langlois.

– Madame, avez-vous vu votre fils à la cathédrale dimanche ?

– Oui… Il était là quand cette femme a tenté d'assassiner Mgr Glâtre. Mais pourquoi est-ce si important ? Aurait-il à voir avec cette épouvantable histoire ?

– Oui.

– Ne l'écoutez pas, Bernadette ! Cet homme est complètement fou !

Le banquier s'agitait, donnant ordre à sa femme de s'en aller. Cette fois, elle refusa de se plier à ses injonctions. Bouvier s'approcha d'elle et murmura à son oreille :

– Savez-vous où est votre fils, madame ?

– Je ne sais pas… Il ne doit pas être très loin… Sa voiture est remisée au garage.

– Taisez-vous, Bernadette ! cria son mari.

Bouvier se dirigea vers le garage d'un pas résolu.

– Que faites-vous ? Je vous ai dit de quitter ma propriété, vous m'entendez ?

Langlois aboyait derrière le policier comme un roquet. Le commissaire appuya sur le bouton électrique commandant l'ouverture de la porte du garage. Une Rolls était garée juste devant. À côté se trouvait une camionnette plus modeste. Bouvier contourna l'engin et découvrit, derrière, le bolide d'Étienne recouvert d'une bâche.

Langlois était rouge de colère. Il menaçait le policier des pires représailles, sans que celui-ci ne daigne seulement l'écouter. Bouvier revint vers Mme Langlois.

– Hier, quand vous êtes sortie de la cathédrale, Étienne était-il avec vous ?

Mme Langlois, tétanisée par la fureur de son mari, restait muette.

– Cette fois, c'en est trop !

Langlois pénétra dans son salon et appela le commissariat. Il possédait une ligne automatique, ce qui lui évita l'attente au standard et parvint à joindre directement Legendre.

– Allô Legendre ? Ici Alphonse Langlois ! Veuillez, cher ami, intimer l'ordre à votre saltimbanque de commissaire de quitter mon domicile à l'instant ! Comment ? Mais bien sûr, je vous le passe !

Bouvier ne se donna pas la peine de saisir le combiné qu'on lui tendit, il attrapa le bras de Mme Langlois et l'entraîna avec lui vers le garage.

– Répondez-moi, madame ! Étienne est-il rentré avec vous hier ? Répondez !

– Mais pourquoi ? Qu'a-t-il fait ?

– Je dois lui parler, il ne risque rien, rassurez-vous…

– À présent, fichez le camp ! hurla le banquier qui courait derrière eux. Il saisit sa femme par le bras et la poussa brutalement vers leur demeure. Puis il se planta devant Bouvier, éructant ses ordres.

– Fichez le camp ! Et ne remettez plus jamais les pieds dans ma maison !

Bouvier obtempéra, il n'avait plus aucune chance d'avoir une réponse. Il redescendit le sentier, poussa la grille et monta dans son auto. Il démarra en trombe, passablement irrité, faisant hurler le moteur de sa Traction. Il était dos au mur à présent. Sa hiérarchie le lâchait pour de bon et, sans témoignage probant, il n'y aurait plus d'affaire. Il ne pouvait digérer cela. Il devait trouver une solution. Il songea à l'évêque… Mais il était trop tôt pour le rencontrer et le faire parler… Legendre donnerait certainement des consignes pour clore définitivement ce dossier.

Il tournait dans les rues poussiéreuses de la ville, il avait besoin d'aide. Il songea à son réseau, celui qu'il avait tissé dans la Résistance. Certains avaient des postes hauts placés à présent, ils risquaient de compromettre leurs carrières en se mouillant dans une telle affaire. L'esprit de résistance s'installe quand on n'a plus rien à perdre. Il n'y a plus de héros dans l'opulence. Qui pourrait avoir assez d'influence pour lui permettre d'agir à sa guise ? Pour le laisser interroger un évêque et le fils d'un banquier sur les meurtres de huit gosses en pleine Occupation ? Qui lui tendrait un bâton assez long pour remuer toute cette boue ? Il songea naturellement à son beau-père, Oscar Pagèle. Lui disposait de ce pouvoir. Il était de tous les rouages politiques et financiers. Bien qu'il aille sur ses 80 printemps, il n'en demeurait pas moins un personnage redoutable et redouté. Il conseillait encore de nombreux ministres ou parlementaires, ceux-ci sachant pertinemment qu'il pouvait faire ou défaire leurs carrières. Bouvier ne l'avait jamais sollicité sur aucun plan. Pour ces gosses, il ferait une exception.

Chapitre 30

Il longea les méandres de la Seine et franchit le fleuve sur le vieux bac qui effectuait laborieusement la navette. Sur le rafiot, on percevait déjà la toiture imposante du domaine Pagèle. Il remonta la petite colline et entra dans le parc. Josse, le vieux jardinier, le salua familièrement et continua à tailler un magnifique rosier. Debout sur le perron, Oscar Pagèle accueillit son gendre, le visage inquiet. Il songea tout de suite à la santé de sa fille.

– C'est Clémence, n'est-ce pas ? demanda-t-il le visage sombre.

– Non, rassurez-vous, Oscar… Clémence se remet parfaitement… Mais j'ai des ennuis, Oscar, de gros ennuis.

– Ah ? Entre donc.

Bouvier suivit le vieillard encore très alerte. Il était en costume et gilet, semblant ne pas subir la chaleur. Il poussa la porte de son bureau, s'installa dans son fauteuil et, avant toute chose, emplit deux verres d'un cognac hors d'âge. Ici, chaque chose prenait une place définitive. Les meubles, les alcools, les arbres… Bouvier se souvint de sa première venue au manoir Pagèle, une bâtisse remarquable pourvue d'une tour couverte de lierre. Lorsqu'il pénétra dans le grand salon, il n'en crut pas ses yeux. Bien qu'il connût de semblables demeures, dans sa jeunesse passée près d'Envermeu, il n'était pas né parmi ceux qui pouvaient en franchir les grilles. Si, à présent, il savait apprécier la grâce des lieux, il ne s'y sentait toujours pas à son aise, il n'y avait pas sa place.

Est-ce qu'il y avait des sachets de lavande dans les armoires ou les commodes d'Oscar ? Est-ce que son lit grinçait le soir lorsqu'il s'asseyait sur l'édredon pour retirer ses chaussons ? Est-ce que son salon, sa salle à manger, son cabinet de toilette sentait les oignons et le poireau quand c'était jour de pot-au-feu ? Est-ce que sa femme, de son vivant, lui brodait des napperons, ou des cache-pots, comme le faisait Suzanne à ses moments perdus ? Certainement pas… Bouvier passait d'un monde à l'autre, s'émerveillant dans l'un, vivant dans l'autre.

– Je t'écoute, Kléber, que t'arrive-t-il ?

– Alphonse Langlois, vous connaissez ?

Oscar Pagèle fit la grimace. De toute évidence, il faisait partie du mauvais cercle. Car pour lui, la race humaine se scindait en deux cercles bien distincts : celui des amis, vrais ou faux qu'il côtoyait au Jockey Club ou sur quelques parcours de golf et celui des ennemis qu'il rencontrait dans les mêmes lieux.

– Un sale type ! Très sale type ! Il est à la tête d'une banque…

– Je sais, la *Banque Hartman & Langlois.*

– Oui, sauf que le premier, Albert Hartman, s'est fait dépouiller dans les pires conditions par son acolyte. On les appelait les Capone dans le milieu des affaires, en raison de leurs prénoms, les deux Al, Albert et Alphonse. Ils méritaient aussi leurs surnoms de gangsters par leurs pratiques et leurs méthodes de pirates. Ce n'étaient pas des tendres, avec leurs becs de vautour, ils rivalisaient de malhonnêteté dans tous les conseils d'administration où ils s'infiltraient. Ils s'entendaient comme larrons en foire à l'époque. Ils ont prospéré grâce à la crise ! Ils jouaient les fossoyeurs et dépeçaient les cadavres de leurs victimes, n'en laissant que les os ! Mais quand vint la guerre, les choses se gâtèrent pour le premier. Hartman étant juif, Langlois l'a balancé à la Gestapo en 1942. Avec toute sa famille. Il n'y a plus un seul héritier Hartman. Alphonse Langlois rafla tous les fonds, fonds qu'il a su faire fructifier, car, inutile de te dire que ses méthodes de voyous ont grandement fait leurs preuves durant l'Occupation. Plusieurs fois, il a voulu entrer dans le capital de mes sociétés, j'ai toujours refusé. C'était plus qu'un collabo tu sais, il était aussi salaud qu'eux !

– Je vois…

– Si tu en as après lui, je comprends la nature de tes emmerdements, mon brave Kléber !

– C'est son fils qui m'intéresse.

Oscar ouvrit une boîte de cigares, en proposa un à son gendre et se servit à son tour en haussant les épaules. Il songeait sans doute à son médecin qui lui interdisait de vivre de peur qu'il meure.

– Pire encore ! reprit Oscar. Il a élevé son fils comme on dresse un poulain. Cravache et foin ! Ma femme a fréquenté un temps sa mère, Bernadette. Je me souviens qu'elle m'a raconté que la pauvre femme ne voyait jamais son fils, car son père le bouclait dans les pensionnats les plus stricts, dès son plus jeune âge. La maman le couvrait de cadeaux en retour… Il doit être bien pourri ce pauvre gamin à cette heure. Enfin… Que puis-je faire pour toi ?

– Je sais que vous connaissez le ministre Berlimond, un mot de votre part à son intention et le préfet me donnerait carte blanche pour continuer mon enquête. Je dois interroger Étienne Langlois en tant que témoin… C'est capital pour mon affaire. Mais il est en fuite et son père le couvre.

– Tu veux le voir seulement en qualité de témoin ?

– Pour l'instant oui…

– Dans une grosse affaire ?

– Les meurtres de huit enfants.

Oscar Pagèle avala son fond de cognac et reprit en parlant bas :

– Mon Dieu, huit enfants… Mais où cela s'est-il produit ?

– Dans la crypte de la cathédrale.

Réellement stupéfait, Oscar Pagèle se dressa sur son fauteuil.

– Cela a-t-il un rapport avec l'attentat sur Mgr Glâtre ?

– Je le pense…

– Eh bien… J'imagine que cette histoire doit faire grincer les dents de toute la bonne société rouennaise… Et puis… Le président Coty ne doit-il pas venir à la cathédrale rencontrer cet évêque dans quinze jours ?

– Foutre oui ! Et cela complique un peu plus ma tâche.

– Je comprends que tu veuilles aller au bout de cette histoire… Eh bien, tu peux compter sur moi, Kléber. Je fais parvenir un pneumatique à Berlimond dans la journée et je l'appelle chez lui dès qu'il sort de son cabinet.

– Je vous remercie, Oscar.

– Sinon comment va Clémence ? J'ai vu son médecin, il m'a dit qu'elle pourrait rentrer chez vous dans les prochains jours…

Bouvier, mal à l'aise, souhaitait éluder le sujet. Son beau-père, devinant le trouble, préféra ne pas insister. Ils étaient sur le perron à savourer un cigare, Oscar contemplait son parc et les souvenirs qu'il abritait.

– Tu te souviens quand Marc construisait des cabanes là-bas près de l'étang et qu'il voulait y dormir la nuit ?

Bouvier ne répondit pas mais les mêmes images défilaient sous ses yeux. Ils restèrent un moment sans dire un mot. La même douleur coulait dans leur sang, indélébile. Tous leurs mots, leurs gestes, leurs souffles en étaient imbibés. Ils trempaient dedans, leurs corps lourds comme des scaphandriers descendant immobiles le long des abîmes. Dans ces profondeurs, nulle ivresse n'est à redouter, on descend encore et toujours jusqu'à ce qu'enfin, on puisse toucher son fond.

Une brise se leva et chassa les mirages.

– Dis à Marianne de m'écrire plus souvent… fit Oscar.

– Je le ferai.

Bouvier s'apprêta à descendre les marches du perron. Oscar le retint encore un instant. Ils se serrèrent longuement la main. Ces deux hommes, beau-père et gendre, avaient appris à s'apprivoiser. Plus que leurs qualités, ils appréciaient surtout leurs défauts réciproques. Et puis n'aimaient-ils pas la même femme ?

Bouvier démarra sa Traction et fila sous un soleil de plomb.

Chapitre 31

– *Serge, nous allons mourir...*

– *Je voudrais revoir ma mère, mon père... Pourquoi Jacques ? Qu'avons-nous fait ? Qu'avons-nous fait ?*

– *Nous sommes maudits ! Maudits !*

– *Non ! Nous devons prier ! Encore !*

– *Parce que tu crois qu'il y a un Dieu pour nous... S'il existe je le hais ! Je le hais ! Oh maman ! Viens me chercher... Je ne veux pas mourir...*

– *Nos mères sont déjà de l'autre côté... Tu le sais comme moi... C'est nous qui allons les rejoindre... Nous tous...*

*

* *

– Que va-t-il advenir d'elle, docteur ? Sa famille s'est-elle manifestée ? demanda Glâtre au médecin qui se portait à son chevet.

Samuel Zelligman ôta le bandage et inspecta la cicatrice, veillant à ce que la plaie ne s'infecte pas, puis dicta ses recommandations à l'infirmière qui s'appliqua à le refaire avec un zèle qui frisait la dévotion. On eut dit qu'elle pansait les stigmates du Christ.

– Répondez-moi, docteur...

– Je n'en sais rien, Monseigneur. Je soigne les vivants et ils ne me laissent que bien peu de temps pour m'occuper du reste.

– Je veux que quelqu'un veille à ses funérailles. Si ce n'est pas le cas, j'y veillerai moi-même.

– Pourquoi feriez-vous cela ?

– Je le lui dois… murmura l'évêque avec force conviction.

Le médecin arrêta sa besogne, scrutant l'évêque, intrigué par sa requête. Si la plaie était maintenant sans danger, le choc occasionné par le drame paraissait plus grave. La miséricorde de l'évêque était certes louable, mais aux yeux du médecin, le fait d'offrir une sépulture à une inconnue, qui plus est une criminelle, semblait outrepasser l'acte du pardon.

– Vous ne lui devez rien, Monseigneur. Vous ne devez qu'à Dieu que son geste ne vous ait pas été fatal. Elle voulait vous tuer !

– Non, elle était aveuglée par son amour ! C'est l'amour qui a guidé sa main… Je le sais…

– Eh bien ! Heureusement que tous les amoureux n'agissent pas ainsi, il n'y aurait pas assez de chirurgiens pour les remettre sur pieds après de tels ébats… Si je puis me permettre, Monseigneur…

Le trait d'humour ne parvint pas aux oreilles de l'évêque qui se recueillait les mains jointes dans une profonde méditation. Le médecin allait quitter la chambre lorsque Glâtre l'interpella de nouveau.

– Je veux qu'elle ait des funérailles dignes ! Veillez à ce qu'il en soit ainsi, docteur. Que Dieu vous bénisse.

Zelligman descendit au sous-sol dans « la glacière ». Il salua Gonfrand, le légiste de service, et lui demanda si la famille Berg s'était manifestée pour la défunte. Le légiste consulta le registre et répondit par la négative.

– Montre-moi de quoi a l'air cette femme, fit le chirurgien.

Gonfrand s'exécuta. Il tira un long tiroir et une bouffée d'air glacé envahit la pièce. Il découvrit le drap, dévoilant son corps blême. Son visage, figé dans la mort, était encore rouge de sang. Du givre perlait sur ses cheveux gris, dessinant une étrange auréole. Zelligman se pencha un peu plus sur ce visage, observa ses traits, tenta de la recoiffer, puis recula légèrement comme le ferait un peintre devant son modèle.

– Je la reconnais… Je l'ai déjà vue à la synagogue une ou deux fois. Je me souviens mieux de son mari, M. Berg. Il était couturier. Myriam, ma sœur, était allée chez lui pour sa robe de mariée et le costume de son fiancé…

Il se tut, ferma les yeux, essaya de se contenir, mais une larme coula le long de sa joue. Gonfrand s'écarta pour le laisser seul. Il savait que Samuel Zelligman avait perdu toute sa famille à Buchenwald. Lui avait échappé à ce sort en quittant la France pour l'Angleterre dès 1938. Il avait survécu mais devait lutter contre lui-même pour ne point s'en sentir coupable. Il faisait partie d'un peuple de morts. Lui, le chirurgien qui s'acharnait à tirer des âmes de l'ombre qui les guette, se débattait chaque jour pour ne pas traverser ces ténèbres et retrouver les êtres aimés.

Quand il sortit de la morgue, il vit Gonfrand en train de fumer sur le pas de la porte. L'air chaud semblait envahir à nouveau tout son être. Le légiste lui offrit une cigarette. Il tâcha de plaisanter avec son confrère, de parler de ses prochaines vacances puis revint à Simone Berg.

– Mgr Glâtre souhaite s'occuper de ses obsèques. Si personne ne réclame le corps, garde-le ici quelque temps, veux-tu ?

– C'est entendu, je passerai la consigne.

Zelligman le remercia, fuma encore longuement avant de rentrer dans son service où, déjà, une infirmière s'empressa de le conduire dans la chambre d'un patient.

Chapitre 32

Legendre se cramponnait à son bureau, osant à peine lever les yeux vers Bouvier. Il parlait d'une voix monocorde, qui sortait d'une gorge qui venait d'avaler une énorme couleuvre.

– Le préfet m'a appelé... après s'être entretenu avec le ministre. Il semblerait que le jeune Étienne Langlois pourrait contribuer à...

Il se racla la gorge puis reprit sur le même ton pâlot :

– Ainsi, disais-je, ce jeune homme pourrait contribuer à éclaircir quelques points sur cette affaire dont, apparemment, vous tenez absolument à venir à bout...

Il se leva, alla se servir un grand verre d'eau, tandis que Bouvier restait debout, évitant de manifester toute forme de triomphalisme devant son supérieur. Il comprenait l'effort que Legendre produisait, puisant dans toutes les ressources de son humilité pour mener cet entretien.

– Je vous accorde donc la permission de poursuivre votre enquête... Cependant...

– Oui ?

– Si vous pouviez épargner Mgr Glâtre...

– Pour l'instant, c'est Étienne Langlois qui m'intéresse.

Legendre s'apprêta à congédier platement le commissaire lorsque celui-ci lui tendit la main.

– Sans rancune, Legendre ?

Le directeur hésita à imiter le geste. Bouvier insista et ajouta :

– Allons, monsieur le directeur... Quoi que vous en pensiez, je vous apprécie beaucoup et le reste de mes hommes également... Tenez, ils seraient sûrement heureux de partager le champagne avec vous pour fêter l'arrestation de la bande du « Cannois ». Les hold-up vont enfin cesser. Et c'est ici, à Rouen, qu'on y a mis un terme. Chez vous !

Le directeur sourit timidement, tendit sa main plus prestement et promit de passer en soirée avec quelques bouteilles de sa réserve personnelle.

Le commissaire remonta dans son perchoir. Il fit signe à Poussin de le suivre dans son bureau.

– C'est bon, l'enquête reprend. On travaille dans l'officiel... Mais pas de vagues, hein ? Une mer d'huile ! Dans le sens du vent... Tu piges ? fit Bouvier.

– Parfait ! On commence par quoi ?

– Mettre la main sur Langlois. Je demande une commission rogatoire pour fouiller les deux maisons, celle du père et celle du fils. Je suis sûr qu'il n'est pas loin. Rassemble-moi une dizaine d'hommes et demande un fourgon, on y va dans l'heure.

– Une dizaine d'hommes ? C'est pas vraiment la mer d'huile ça !

– Rassure-toi, je tiens la barre…

– J'ai déjà mal au cœur…

Chapitre 33

La camionnette noire s'arrêta en haut de la rue Verte. Toutes les bâtisses ronflaient au soleil, planquées derrière de hauts murs qui séparaient la grande bourgeoisie de la plèbe. Poussin emmena quatre hommes à l'adresse d'Étienne et Bouvier prit le reste des troupes pour envahir les terres d'Alphonse Langlois, avançant au pas de course sous les regards horrifiés de la bonne et du majordome. Le commissaire s'approcha de l'homme au gilet rouge, déjà prêt à capituler face aux conquérants.

– Où est le fiston ?

Le domestique se tourna vers la maison et se mit à trembler plus encore lorsqu'il vit son maître courir vers eux, vociférant des injures à l'égard du commissaire.

– Où est son fils ! Dépêche-toi de répondre où je te fais boucler ! pressa Bouvier.

C'est la bonne qui vint à la rescousse du vieil employé.

– Il est au troisième ! fit-elle, convaincue à présent qu'elle devrait trouver une autre place, certainement meilleure, quelque part dans le quartier. Le majordome confirma de la tête, tandis que Langlois père faisait face au commissaire, prêt à en découdre.

– Sortez ! Vous m'entendez ? Espèce de petit fonctionnaire à la manque ! Je m'en vais vous…

À peine avait-il levé la main que Bouvier lui envoya un direct au foie, mettant le banquier à quatre pattes sur sa pelouse.

– Arrêtez ! Je descends ! Je me rends ! Je me rends ! cria Étienne, posté sur un balcon du troisième étage.

Il dégringola l'escalier et courut dans le jardin, présentant ses poignets dans une posture théâtrale, afin que son Javert y pose les chaînes. Sa maman pleurait sur la terrasse du parc. Un drame de la bourgeoisie se jouait ici… Bouleversant ! Magistral ! Malheureusement, la pièce ne comportait qu'un seul acte et Bouvier y mit fin assez sèchement.

– Suis-moi, mon garçon, nous avons à causer tous les deux… fit Bouvier d'un ton paternel.

Il lui appliqua une tape dans le dos et ils s'engagèrent dans le parc, pendant que deux agents aidaient le banquier à reprendre son souffle et que d'autres apportaient une chaise à Mme Langlois qui continuait de défaillir.

– Je voulais vous parler, commissaire… C'est mon père qui m'en empêchait…

– Je te crois. L'essentiel c'est que nous nous rencontrions enfin.

– Oui… J'ai beaucoup de choses à vous dire…

– Je n'en doute pas.

La camionnette démarra sous les regards stupéfaits du haut voisinage, peu habitué à de tels débordements républicains, et qui, à n'en point douter, commenterait l'évènement dans les salons et cercles dès le lendemain.

Le commissaire et l'architecte traversèrent la cour de l'ancienne cavalerie sous l'œil perplexe de Legendre qui les guettait de la fenêtre de son bureau. Ils grimpèrent les trois étages et ôtèrent leurs vestons lorsqu'ils parvinrent sous les toits surchauffés de l'antique bâtisse.

– Assieds-toi, dit Bouvier en lui désignant sa meilleure chaise, veux-tu boire quelque chose ?

– Je prendrais volontiers un verre d'eau…

Bouvier lui apporta une carafe et un gobelet en fer-blanc. Le fils de famille aux allures proprettes, à la coupe de cheveux impeccable, tâchait de conserver ses bonnes manières, assis sur cette chaise à voyous. Relevant la tête, il prit une longue inspiration et entama sa déclaration par une question.

– Les avez-vous vus ? demanda-t-il le regard anxieux.

– Oui… Tu sais qui sont ces enfants, n'est-ce pas ?

L'architecte secoua sa tête et, dans un hoquet irrépressible, des larmes fusèrent.

– Oui ! Je les connaissais tous… C'étaient mes camarades…

Bouvier respecta le silence, entrecoupé de sanglots, préliminaires habituels à ce type de confession.

– Nous étions au pensionnat… à Saint-Évode. J'étais déjà un ancien. J'avais 15 ans lorsqu'ils sont arrivés, un par un, au cours de l'année…

– Pendant la guerre ?

– Oui, en 1942, 1943… C'était le père Aurélio qui les faisait venir… Il les cachait, leur donnait de faux noms… C'était des Juifs. Vous comprenez ?

– Je comprends…

– Au début, tout le monde l'ignorait ! On nous présentait de nouveaux camarades, on nous disait qu'ils étaient sinistrés ou orphelins, des malheureux que l'on devait aider… Ils ne ressemblaient pas à des Juifs de toute façon… Il y avait même un rouquin… On ne s'est pas méfié… Enfin je veux dire…

Il baissa la tête et ravala sa salive.

– Je veux dire qu'on ne s'était douté de rien…

– Continue…

– Et puis un jour, avec deux camarades, nous en avons surpris trois en train de prier… en hébreu. Nous étions stupéfaits… À dire vrai, nous étions choqués ! Vous comprenez… Nous étions tous élevés dans la foi chrétienne et les Juifs… On ne cessait de dire qu'ils étaient… Enfin… Ils ont tué le Christ tout de même ! Évidemment aujourd'hui… Nous savons que tout cela est faux… Mais à cette époque… Nous n'étions que des enfants et nous pensions… que c'était mal ! Vous comprenez ?

Bouvier acquiesçait à chaque propos avec bienveillance. Il sortit un paquet de Gauloises, en proposa une à l'architecte qui refusa poliment. Il alluma la sienne et demanda au jeune homme de poursuivre son histoire.

– Quand on les a vus, nous avons prévenu tout de suite Mgr Glâtre. C'est lui qui dirigeait le pensionnat. Il les a punis sévèrement… Très sévèrement… Il a même renvoyé deux d'entre eux. Les plus grands. Alors après…

Il stoppa soudain son récit, son regard fiévreux se planta dans celui du commissaire.

– Risque-t-on la prison pour cela ?

– Jusqu'à présent, je ne vois pas pour quel motif on te jetterait en prison.

Étienne Langlois se leva, arpenta la pièce, tordant ses doigts dans un mouvement irrépressible.

– Mais si je suis coupable…

– Continue, veux-tu…

Bouvier lui parlait comme à un enfant. D'ailleurs, il ne valait guère mieux qu'un garnement confessant avoir ébouillanté un chat.

– Après, nous avons décidé, mes camarades et moi, de… remédier à cette… anomalie…

Il se versa un peu d'eau, but son verre d'un trait.

– J'en ai d'abord parlé à papa… Il a été très surpris. Je me rappelle ce qu'il m'a dit… que j'avais bien fait de m'être confié à lui et qu'il était fier de mon esprit de bon Français ! Il faut le comprendre, n'est-ce pas… Il avait ses idées… Pendant l'Occupation tout le monde pensait ainsi…

Bouvier continuait d'écouter sans broncher.

– Et puis papa a ajouté qu'ils n'étaient pas prêts de communier, ces *singes-là* ! Je vous répète ses propos de l'époque… Alors je lui ai dit… Je regrette tellement à présent…

Il se tortillait sur sa chaise, ne sachant où placer ses longues jambes. Il essuyait ses mains moites sur la flanelle de son pantalon clair. Leurs empreintes se dessinaient sur l'étoffe comme de longues pattes d'araignées.

– Que lui as-tu dit ? demanda calmement Bouvier.

– Qu'ils communiaient avec nous… Cela l'a mis dans une fureur noire ! J'ai même été puni… Aujourd'hui encore, j'en ignore la raison… La colère sans doute ! Papa est très autoritaire…

– J'ai cru remarquer en effet…

Étienne se leva de nouveau, alla à la fenêtre, respira les vapeurs chaudes qui écrasaient les ardoises. Il resta planté devant la Seine et se replongea dans son passé, les yeux portés par les flots onctueux du fleuve.

– Alors, on a décidé de les faire communier… reprit-il en murmurant… à notre façon… Comme je vous le disais, je faisais partie des anciens. Aucun lieu, aucune arcane de la cathédrale n'avaient de secrets pour nous. Combien de sottises ont été faites dans cette crypte ? Nous avions découvert des reliques, les os de ces moines franciscains enterrés dans les petites allées. Nous revêtions leurs vieilles bures et utilisions les crânes lors de puérils rituels initiatiques. Nous empruntions également le passage pour aller dans cette petite pièce baptisée le « Cirque ». Un cirque antique et cruel. Là même où vous les avez découverts.

Il se retourna, veillant à ce que le commissaire l'écoutât. Bouvier n'avait pas bougé de son siège, emplissant le cendrier de ses mégots. Étienne retourna s'asseoir.

– C'est Henri… Henri Tachevin qui a eu l'idée… se défendit-il soudain.

Il s'arrêta, se bascula sur sa chaise, la tête en l'air, des larmes jaillirent de nouveau.

– Non, c'est moi… c'est moi ! J'avais tout manigancé… Les autres m'ont obéi… Nous les avons emmenés cette nuit-là… tous les huit, pour les faire communier… En fait de communion, une sinistre cérémonie les attendait, tenant plus de la farce macabre que du rite chrétien… Nous les avons attachés, tels que vous les avez vus… avec une grosse corde… Ils ne pouvaient rien dire… rien faire… Ils ne pouvaient se rebeller car…

Des sanglots le plièrent en deux sur sa chaise.

– Nous les menacions constamment de les dénoncer aux Allemands, ils étaient à notre merci ! Comme des pantins résignés. Si seulement ils avaient tenté de résister… Nous n'aurions pas été aussi cruels. Mais ils ne disaient rien, se laissaient faire… nous laissaient faire ! Sans réagir. Ils avaient l'habitude d'avoir peur… comme tous ces Juifs qui se laissaient arrêter… Vous étiez déjà dans la police ? Vous vous souvenez comment ils étaient ?

Bouvier confirmait les propos dans un silence résolu. Il recevait l'effroyable récit sans marquer le moindre sentiment. Langlois était maintenant absorbé par ses propres mots, sa voix devenait froide, glaciale, décrivant chaque minute de cette nuit avec précision.

– Nous les avons revêtus avec les vieilles bures poussiéreuses… Les aînés buvaient du calva qu'un camarade, Maxence de Lottière, avait l'habitude de rapporter de sa propriété… Nous étions ivres, dansant comme des Sioux autour de ces pauvres gamins… faisant les fous… sans vouloir leur faire de mal… On était si jeunes… de sales brutes… Oui, de sales petites brutes.

Il s'arrêta, tira un mouchoir brodé de sa poche, évacua la morve de son remords.

– Le père Aurélio débarqua soudainement. Il connaissait nos extravagances… Pour nous avoir pincés à maintes reprises dans cette crypte, il ne nous en tenait pourtant jamais rigueur. Il ne nous punissait jamais…

Il resta un instant silencieux, se remémorant sans doute les traits du brave curé.

– Il a crié : « Les Allemands sont là ! Les Allemands sont là ! » Quand il a découvert nos bêtises et les huit camarades ligotés, il nous a dit de filer au plus vite. À eux, il leur a promis de revenir les chercher plus tard, les délivrer à cette minute aurait pris trop de temps. Puis, ils nous ont tous fait remonter par l'escalier du pilier.

– L'escalier du pilier ?

– Oui, le second pilier de la crypte abrite un escalier. Son accès n'existe plus. Après les bombardements d'avril 1944, tout s'est écroulé…

Il se rafraîchit encore et se permit de prendre une cigarette au commissaire, précisant qu'il ne fumait que très rarement. Il s'approcha de la fenêtre, les rayons obliques l'éblouirent et ses yeux mirent quelques secondes à s'adapter à cette lumière crue.

– Nous sommes remontés seuls, le père Aurélio a pris l'autre passage, celui que vous avez emprunté. Mais lorsqu'il est ressorti, une patrouille allemande l'a surpris, ils ont ouvert le feu et il est tombé, criblé de balles… Pauvre homme… Il était si gentil, si doux…

La corne d'un bateau retentit. Dans l'air poudreux de juin, la ville grondait mollement. Cette impression se prolongeait jusque dans l'étroit bureau. Étienne Langlois parlait de sa petite horreur dans un calme pesant, écrasant, et Bouvier se laissait conter patiemment une histoire navrante, au bout de laquelle huit agneaux seraient mangés. Les loups les encerclaient, des louveteaux en culottes courtes, aux mâchoires déjà acérées. L'un d'eux s'était égaré dans son bureau, se précipitant dans un piège qui ne se refermerait pas, un piège trop rouillé et trop grippé pour qu'il fonctionne correctement.

– Nous avons réintégré nos chambres. Les Allemands occupaient déjà la cour du pensionnat. Ensuite, ils sont montés, ils ont tout fouillé, renversé les lits, éparpillé nos affaires, contrôlé les identités de tous les pensionnaires, tout cela au beau milieu de la nuit ! Ils ont ordonné qu'on boucle nos valises et nous nous sommes mis en rang. Nous sommes descendus dans la cour, il faisait très froid, nous étions en février et une petite pluie fine achevait de nous geler les os.

Il reprit une cigarette, avec la permission du commissaire.

– C'est alors que Monseigneur est apparu, il a essayé de parlementer avec l'officier SS mais celui-ci ne l'écoutait pas. Deux camions sont entrés par le grand portail. Ils nous étaient destinés. Monseigneur apparut, nous expliquant que les Allemands réquisitionnaient le pensionnat pour y héberger leurs troupes. Nous allions être conduits à la gare pour prendre le train pour Dieppe et nous serions accueillis dans un autre pensionnat, en attendant de prévenir nos parents.

Le soleil disparaissait, plongeant derrière les vertes collines de Canteleu. Étienne suivait des yeux sa longue descente.

– Glâtre ! pesta soudain l'architecte. Ce sinistre salaud ! Il les a laissés crever !

Il s'agita brusquement et s'approcha de sa chaise. Ses doigts fins se crispèrent sur le dossier.

– Nous l'avons prévenu, juste avant de monter dans les camions. Nous lui avions raconté nos bêtises et nos huit camarades ligotés dans la crypte. Il nous a dit qu'il les délivrerait… Il nous l'avait promis !

– C'est ce que tu as dit à Simone Berg ?

L'architecte se recroquevilla brusquement. Son visage chiffonné recommençait à renifler comme un vilain garçon.

– Je… je ne sais pas pourquoi… Je ne comprends pas pourquoi elle a fait ça…

– Parce que tu lui as raconté la même histoire…

Bouvier avait soudain élevé le ton. Étienne Langlois était lâche et le commissaire découvrait, à chacune de ses phrases, à quel point il l'était. Bien sûr, l'architecte savait qu'il ne pourrait être poursuivi pour ses erreurs de jeunesse, si monstrueuses soient-elles. Mais lorsque Bouvier évoqua le nom de Simone Berg, il vit son attitude et ses traits se transformer. Le policier avait l'habitude de ces dérobades soudaines, de ces témoins qui veulent bien dénoncer leur participation à des faits s'ils se savent à l'abri de la loi. Étienne Langlois marquait le pas, car le doute et la crainte l'envahirent pour de bon. Bouvier dut le bousculer.

– C'est bien cela, n'est-ce pas ? Tu as été la trouver, je ne sais comment du reste. Qu'importe ! Il te fallait soulager ta conscience, comme on soulage une vessie et tu t'es répandu sur cette pauvre femme. Oh, j'imagine bien la scène ! Tu lui as déballé tout cela comme à confesse, tel que tu viens de le faire ici, versant les mêmes larmes, mouchant ta morve dans ton petit mouchoir brodé…

Étienne Langlois regardait le policier, le corps pétrifié. Nouant et dénouant ses doigts de filles, se mordant les lèvres jusqu'au sang. Il réalisait enfin son crime, celui d'un petit bourreau allant colporter son forfait à la figure de la mère d'une de ses victimes, non pour la réconforter, mais pour soulager sa propre conscience sur le paillasson de son âme, ne songeant pas un seul instant qu'il déclencherait autant de douleur et de fureur chez cette pauvre femme.

– C'est toi qui as guidé sa main ! cria Bouvier. Tu lui as désigné un autre coupable… Je te vois bien en train de geindre dans sa sinistre turne « C'est pas moi, c'est lui ! ».

– C'est la vérité ! Je pensais que Glâtre allait les délivrer ! C'est lui le coupable ! Ils sont morts par sa faute ! C'est lui !

L'architecte s'étranglait dans le désarroi de ses dénégations.

– J'étais un monstre ! Un sale petit monstre ! Mais… je suis le fils de mon père… Les chiens ne font pas des chats ! Lui aussi est coupable… Il m'a dressé à haïr l'autre ! Les Juifs, les nègres, les francs-maçons, les Jaunes, les rouges… J'ai obéi en bon fils ! Mais je ne suis plus cet horrible rejeton ! J'ai changé ! J'ai fait architecture contre sa volonté ! Pour le faire enrager, j'ai participé au plan de la nouvelle synagogue, rue des Bons-Enfants. C'est là que j'ai rencontré Simone Berg pour la première fois. Elle venait souvent, en voisine, voir l'avancée des travaux. Et à l'inauguration, nous avons bavardé ensemble, je lui ai parlé de ma scolarité, j'ai évoqué Saint-Évode et…

Il s'arrêta un instant, réprimant un sanglot. Les derniers segments chauds apportaient leurs notes rougeâtres dans la pièce. Ils traversaient les volutes de fumée qui stagnaient dans cette poche sans air.

– Elle m'a dit qu'elle et son défunt mari avaient envoyé leur fils là-bas, m'a demandé si je l'avais connu, m'expliquant qu'elle ne l'avait jamais revu. Elle se doutait du sort que les Allemands lui avaient réservé lorsqu'elle apprit, à son retour de Pologne, que les SS avaient pris leurs quartiers dans le pensionnat. C'est alors qu'un doute horrible traversa mon esprit… Quelques mois après, j'ai été affecté aux travaux de la cathédrale… J'ai voulu en avoir le cœur net… J'ai fait percer le passage qui avait été rebouché au ciment par les Allemands et je suis descendu voir… Vous connaissez la suite…

– Pourquoi être retourné voir Simone Berg ?

– Pour lui dire la vérité !

Il reprit son souffle, alluma une nouvelle cigarette.

– Elle m'a giflé, frappé à coup de poings, à coup de pieds, je me suis laissé battre sans répondre… Et puis lorsque je suis tombé à terre, elle m'a pris dans ses bras. Elle m'a pardonné ! Vous comprenez ? Elle m'a pardonné !

Il s'assit sur la chaise, épuisé, il fumait nerveusement, crachant la fumée avec dégoût. Son propre dégoût.

– Elle en voulait à Glâtre… reprit-il. Mais je ne pensais pas qu'elle agirait ainsi… qu'elle tenterait de l'assassiner… assassiner un évêque, un homme de Dieu… Je l'ai suivie, ce dimanche ; j'avais remarqué, la veille, le journal où elle avait souligné les horaires des offices de la cathédrale. Je voulais croire qu'elle dénoncerait la lâcheté de cet homme devant tous les fidèles. Je songeais au scandale, pas au crime, je vous le jure !

Il s'écroula en larmes. Bouvier se leva, alla au petit placard, sortit une vieille bouteille de fine. Il versa une large rasade dans le gobelet en fer et le tendit au jeune homme qui but l'alcool d'un trait. Il s'étouffa, se moucha encore, remercia le commissaire puis se releva et resta planté au milieu du bureau.

– Vous allez m'arrêter ?

– Pour quel motif ?

– J'ai tué mes camarades !

– Non ! Tout au plus, tu as fait une très mauvaise blague…

– Et Glâtre ?

– Je l'interrogerai… Dès que son état de santé le permettra. Tu peux rentrer chez toi à présent…

– Je peux vous poser une question à mon tour ?

– Je t'en prie…

– Je voudrais faire un geste pour que Simone Berg soit enterrée décemment.

– Oublie cela veux-tu… Elle trouvera un autre fossoyeur.

Bouvier se dirigea vers le vestiaire, fouilla la poche de son veston et tira la médaille de son portefeuille. Il la montra à l'architecte, qui pâlit en découvrant l'objet.

– C'est toi qui as eu l'idée des médailles ?

– Quelle idée ?

– Chaque corps en arborait une autour du cou. Tu sembles étonné...

– C'était le père Aurélio qui nous les offrait... Pour récompenser les plus gentils d'entre nous... Les pensionnaires avec qui le père entretenait des relations... plus affectueuses... Il nous achetait des livres et...

Il retira une chaînette identique qu'il portait sous sa chemise.

– Des Sainte-Thérèse à dix sous. Je pensais qu'il ne les remettait qu'à certains pensionnaires. Il faut croire qu'il les distribuait à tous les élèves.

Bouvier cru percevoir une pointe de déception dans cette dernière remarque. Le jeune homme se retira, serrant la main du policier, la tête basse.

Un clair de lune dévorait les murs pentus de la pièce, dérobant les rares couleurs qui agrémentaient le gris des lieux. Bouvier resta à son bureau, livrant son corps aux ténèbres. Il songea au noir plus profond qui avait englouti jadis les petits communiants. Le monde les avait oubliés là, dans les entrailles d'un lieu saint. Loin du ciel, ils portaient des étoiles sur leurs poitrines. La nausée s'était infiltrée jusque dans les cours d'école. La haine avait pourri les cœurs, les mœurs, les jeux d'enfant. Bouvier ne le découvrait pas. Comme on évite de toucher les murs quand la peinture est fraîche, les Français se tenaient bien à l'écart de ce passé trop proche. Bouvier en était maculé à présent. Il était dans la barbouille jusqu'au cou ! De ce passé vert-de-gris, de cette saleté où s'étaient roulés tant de bons Français.

Ces huit fantômes avaient surgi de sous terre pour terroriser les âmes. Huit Juifs... Pardon... Huit enfants israélites... agonisant dans une nuit sans fin. Ils avaient pleuré, crié, supplié que quelqu'un les sauve. Que quelqu'un les sauve... « Prions ! Nous sommes sauvés ! »

Chapitre 34

Monseigneur revêtit ses habits de travail. Là, parmi le mobilier spartiate de sa chambre d'hôpital, il avait entrepris de dire la messe à une dizaine de fidèles. L'abbé Milau le secondait, ses gestes étant encore fort hésitants. Le curé lui présenta les attributs de saint officier. Sur le ruban qui empaquetait son aube, l'évêque lut sa propre devise en lettres brodées d'or : « Prions ! Nous sommes sauvés ! » Il baisa le ruban et entama la cérémonie. Il dut cependant rapidement s'asseoir, sa plaie le faisant souffrir. Le Dr Zelligman surgit au même instant. Il jugea sévèrement l'initiative de l'ecclésiastique. Le rituel fut promptement exécuté et l'évêque regagna son lit, le visage défait par la douleur.

– Vous n'êtes pas du tout raisonnable, Monseigneur ! Je ne veux pas contrarier votre foi, mais je dois vous interdire tout effort. Votre blessure peut s'ouvrir de nouveau et entraîner de sérieuses complications… J'espère que vous comprenez, dit le médecin d'un ton catégorique.

– Oui bien sûr… Veuillez pardonner ma témérité.

Bouvier apparut sur le seuil, laissant les derniers fidèles quitter la chambre. Il entendit le discours du médecin à son patient et hésita à franchir le pas de la porte. Comme Zelligman se penchait pour ausculter l'évêque, celui-ci aperçut le commissaire. Il lui fit signe d'approcher, arborant un large sourire, malgré l'extrême pâleur de son visage. Son attitude surprit Bouvier.

– Approchez, commissaire.

Le médecin se tourna brusquement vers le visiteur. Il fronça les sourcils et s'écria :

– Ah non ! Cette fois c'en est trop ! Je ne veux plus voir personne dans cette pièce ! Curé, policier ou pape ! Je ne veux plus voir personne !

– Laissez-nous, docteur… Je vous prie… Je dois parler au commissaire Bouvier… Rassurez-vous, je me sens tout à fait mieux.

– Sapristi ! Vous n'en faites qu'à votre tête ! Eh bien soit ! Mais pas plus de dix minutes ! Compris ?

Le médecin se tourna vers Bouvier, espérant qu'il serait plus raisonnable que son patient. Celui-ci promit qu'il appliquerait la consigne. Zelligman se retira en pestant.

– Étienne Langlois m'a tout raconté, Monseigneur…

L'évêque acquiesça. Il tenta de se redresser sur son lit mais la douleur brisa net son initiative.

– Il a bien fait…

– J'aurais préféré entendre la vérité de votre bouche… Pourquoi n'avez-vous rien dit ? Pire, vous avez tenté d'étouffer cette affaire…

– Je n'ai pensé qu'à eux ! Jamais je n'ai songé à me soustraire à la justice… J'estimais cependant que celle des hommes pouvait bien attendre quelques jours… Je voulais préserver leur sépulture…

– Il n'y avait pas de sépulture !

– Ces enfants d'Abraham sont morts dans cette cathédrale… À travers leurs souffrances, nous pouvons voir un signe de Dieu pour désigner nos sombres péchés commis en ces temps païens, jusque dans sa propre maison…

– Non, Monseigneur, ce n'est pas un signe, mais un crime, rectifia Bouvier.

– Je ne cherche point à vous offenser, mon fils, mais… Allez-vous condamner des hommes honnêtes et pieux qui n'étaient que des garnements à l'époque ? Étienne Langlois était sous l'influence, sans doute critiquable, de son père. Et si les Allemands n'avaient pas surgi cette nuit-là…

– Vous avez raison, Monseigneur, je ne cherche pas à condamner les anciens pensionnaires, ni même l'armée allemande… mais celui qui savait et qui n'a rien fait…

Glâtre se dressa d'un coup, oubliant sa blessure qui se rappela à lui violemment. Il maîtrisa sa douleur et tint à répondre au commissaire avec toute la droiture qu'exigeaient ses propos.

– Vous ne songez tout de même pas que je puisse oublier ces enfants ?

– Je le constate simplement…

– Mais comment pouvez-vous croire cela ?

La main de l'évêque tremblait, mais son index pointait les propos du commissaire qu'il jugeait infamant. Bouvier ne céda pas et prolongea sa réflexion.

– Je me suis également penché sur votre passé… sur vos prêches durant l'Occupation. La ferveur qui s'est emparée de votre plume était, malheureusement fort contagieuse à l'époque. Comme tant d'autres, vous avez contribué à forger les âmes des bons Français… La verve rejoignait le verbe.

Bouvier tira quelques feuillets de sa poche.

– Voulez-vous que je vous en lise quelques lignes ? Ce sont vos interventions radiodiffusées saluant le talent et la vertu du maréchal.

Glâtre oublia les bandages et les recommandations de Zelligman. Il se cabra, ôtant le drap qui l'entravait, se leva avec vigueur et planta son regard dans celui de son accusateur. Sa bouche s'animait, mais aucun son n'en sortait. Soudain il cessa de s'agiter, un sourire éclaira de nouveau son visage, il se rassit, son dos épousant les plumes de son oreiller.

– Cher commissaire… vous pouvez me réciter ce qui vous chante… Oui, vous le pouvez… Si vous me permettez de vous appeler « Géronimo »… N'était-ce pas votre nom de guerre dans le maquis ? Puis-je me permettre de vous donner le mien ? « Le Carabin »… Forcément, ce nom ne vous est pas inconnu.

Bouvier fut stupéfait, ébranlé même. Il ne savait que penser à présent de l'homme qui lui faisait face. Toute la nuit, dans l'espace étroit de son bureau, il avait étayé ses convictions par des faits. Ceux inscrits dans la lecture de notes, d'articles, de rapports, même les lettres de dénonciations mettant en cause l'attitude de l'évêque durant l'occupation. Mais ce nom de « Carabin » évoquait un tout autre aspect de l'ecclésiastique. Ce pseudonyme était devenu légendaire, voire mythique. Chef d'un réseau fort efficace, « le Carabin » était chargé d'accueillir et protéger les parachutistes anglais qui venaient en mission durant la seconde partie de la guerre. Personne n'avait jamais su qui se cachait réellement derrière ce pseudonyme. Même les généraux et officiers du renseignement se perdaient en conjectures lorsqu'ils l'évoquaient.

– Le Carabin c'est vous ? Comment est-ce possible ? Pourquoi n'avoir jamais révélé votre identité après-guerre ?

– Mes actes, si louables soient-ils pour la République, sont entachés de sang. N'oubliez pas que je suis un homme de Dieu. De plus, les scènes qui se sont déroulées après la victoire, tous ces procès où la justice fut absente, tous ces lynchages, ces règlements de comptes, m'ont conforté dans mon silence... J'ai, moi aussi, une hiérarchie... qui ne soutenait guère mes convictions à l'époque et ne s'en réjouirait guère encore à ce jour...

– Mais alors... ces enfants ?

– Ils sont les innocentes victimes de l'ignominie de la guerre.

– Mais Langlois m'a certifié vous avoir prévenu avant l'évacuation du pensionnat, vous saviez donc qu'ils étaient prisonniers !

– Oui... mais il ne vous a pas tout raconté, car il ne savait pas tout ! Les Allemands ont investi le pensionnat car ils avaient découvert la tête de notre réseau. Ils savaient que nos actions étaient relayées au sein même de la cathédrale. Notre organisation visait à accueillir des espions anglais atterrissant en Normandie. Déguisés en curés ou en moines, nous les logions ensuite à l'archevêché, avant de leur remettre des faux papiers et des missives falsifiées de l'épiscopat les priant de rejoindre telle ou telle congrégation, afin qu'ils puissent circuler sur le territoire sans éveiller les soupçons. Cette nuit-là, trois d'entre eux étaient cachés dans mes appartements. Prévenus de l'arrivée de la Gestapo, nous disposions seulement de quelques minutes pour les faire filer dans les arcanes de la cathédrale. Ils ont pris l'escalier du pilier pour se cacher dans la crypte. Mais le bruit des gosses durant leurs bêtises stoppa leur descente. Craignant la présence de l'ennemi, ils remontèrent prévenir Aurélio qui emprunta l'autre passage pour aller inspecter les lieux. C'est alors qu'il découvrit les enfants, fit déguerpir ceux qui n'étaient pas attachés, puis indiqua aux Anglais, d'aller se cacher sur le toit de la cathédrale, le pilier allant jusqu'au sommet de l'édifice.

– Le père Aurélio s'est fait abattre juste après… murmura Bouvier qui cheminait dans les méandres de cette tragédie.

– Oui… le pauvre homme a payé chèrement sa vaillance. Mais il n'était pas curé… C'était un réfugié espagnol… Il s'était présenté à l'archevêché peu avant la guerre, nous l'avons engagé comme surveillant, ce sont les enfants qui le nommaient « père » Aurélio.

– Étienne Langlois m'en a dit le plus grand bien… C'est lui qui amenait les petits Juifs au pensionnat, n'est-ce pas ?

– Oui, je le chargeais de cette tâche…

Le visage de l'évêque marqua une sorte d'amertume en se remémorant les traits de son surveillant.

– Avez-vous déjà assisté aux transhumances alpines, cher commissaire ?

Bouvier ne comprit guère le sens de cette question qui lui paraissait absurde, mais par respect, il répondit simplement.

– Non, je n'ai pas le goût des voyages, encore moins celui de l'altitude.

– C'est fort dommage… J'ai passé mon enfance dans la vallée de la Maurienne. Je voyais les bergers qui emmenaient leurs troupeaux dans les hauts pâturages. Savez-vous ce qu'ils craignaient le plus pour leurs bêtes ?

– Les loups ?

– Ah, ah ! Non, pas les loups, ils avaient déjà disparu de nos contrées depuis des lustres. Non commissaire… Ils se méfiaient de leurs propres chiens ! Certains, parmi les meilleurs rabatteurs, avaient la fâcheuse tendance à dévorer un agneau de temps à autre… Il en était de même pour Aurélio… À l'époque où les loups régnaient, je ne me suis pas méfié de mon brave chien de garde. Ma grande faute est de ne pas avoir retenu les leçons des anciens… J'ai appris plus tard qu'Aurélio abusait de la chair de ses petits. Il ne s'en est pas tenu qu'à eux d'ailleurs... Mais ceci est une autre histoire...

Bouvier songea au médaillon. Ainsi, ces breloques à dix sous récompensaient certainement d'odieuses caresses. Le surveillant avait même organisé une sombre rivalité entre les pensionnaires pour satisfaire ses bas instincts. Bouvier n'avait-il pas perçu une pointe d'amertume dans le regard d'Étienne lorsqu'il lui parla des Sainte-Thérèse, persuadé d'être un de ces enfants choyés par ce pathétique surveillant ?

Le médecin ouvrit la porte et désigna le cadran de sa montre.

– Cher docteur Zelligman, soyez rassuré ! Le commissaire Bouvier soulage ma conscience d'honnête citoyen... J'attends qu'en retour il me confie son âme de bon païen ! Vous voyez... tout va bien... Je me sens même tout à fait revigoré !

Le médecin haussa les épaules et repartit arpenter ses couloirs.

– Mais pourquoi avoir voulu dissimuler les corps et vouloir m'interdire d'enquête ? reprit Bouvier.

L'évêque entama un tour de chapelet, Bouvier respecta ce temps de prière. Il acheva un dernier *pater* et reprit.

– Si vous connaissiez les rites juifs, vous sauriez quel grand péché vous commettriez en profanant ce qui est devenu leur tombeau... Et puis, j'ai voulu protéger l'épiscopat du scandale... Surtout lorsque le président Coty et Armando di Gioggi, nonce de notre bon pape Jean XXIII, seront accueillis dans ce que vous considérez être les lieux d'un crime et que je considère moi, être un lieu saint ! Vous savez, hélas, ce que représente le poids d'une hiérarchie, commissaire. Sachez que ce poids s'évalue chez vous en kilos de plumes... Chez nous, il devient plomb... De ce plomb que nous transformons en or... la matière du silence... Je devais me taire !

Bouvier comprenait maintenant l'attitude de l'évêque. Il aurait certainement agi comme lui. Il fallait cacher la mort des enfants au nom de la paix retrouvée, de la réconciliation nationale, etc. Laisser défiler les Compagnons du devoir et oublier le reste… Les poubelles sont rentrées qui sont encore pleines ! Devait-on les vider aux pieds de Coty et d'Armando di Gioggi ?

– Mais je vous dois la vérité ! reprit l'évêque. En mémoire de ces enfants, de Simone Berg, du peuple d'Israël tout entier… Nous leur devons tous la vérité !

L'évêque murmura plusieurs fois ces derniers mots et pria ensuite avec ferveur. Bouvier allait s'éclipser et le laisser en paix mais une dernière question le taraudait encore… L'évêque le regarda de nouveau, il n'eut point le temps de la poser.

– Les enfants m'avaient prévenu, murmura Glâtre, mais que pouvais-je faire ? Les Allemands surveillaient constamment mes faits et gestes, jour et nuit, sans relâche. Je ne pouvais parler à quiconque sans être écouté. Comprenez que je ne pouvais descendre dans cette crypte sans attirer l'attention. Alors, une idée m'est venue. Je pensais que c'était la bonne… J'y croyais encore quelques jours avant… J'ai prévenu quelqu'un… Je ne puis vous dire son nom…

Bouvier s'étonna de cette soudaine opacité dans le récit de l'ecclésiastique.

– Pourquoi donc ?

– Je trahirais le secret de la confession… Mais je suis sûr que vous trouverez…

Bouvier savait qu'il se heurtait à un mur, mais, comme le lui laissait entendre Glâtre, il pouvait tout de même parvenir à ses fins en utilisant ses méninges.

– Comme je vous disais, je n'étais pas libre de mes faits et gestes. Nous étions cependant dans les préparatifs des prochaines communions qui concernaient bon nombre d'élèves car il n'y avait pas que des pensionnaires dans l'école Saint-Évode… Il fallut donc établir les quelques achats nécessaires pour fêter ce jour béni. Nous avions un fournisseur attitré pour cela. Une maison avec laquelle l'institution collaborait depuis le siècle dernier, en toute confiance. Des personnes très pieuses… Allant aux vêpres chaque jour… Dès le lendemain, je leur remis ma liste d'achats et y glissait un courrier mentionnant la cache des petits et le plan d'accès… Ce dernier était parfaitement inutile, la personne à qui je m'adressais connaissant les lieux mieux que quiconque… J'avais toute confiance vous dis-je… Deux jours plus tard, sous prétexte de chercher ma commande, je m'enquérais de savoir si elle avait bien appliqué toutes les consignes, sa sœur m'a certifié que tout avait été fait, mais qu'elle ne désirait réitérer ce genre de chose… Depuis, elles ont quitté la paroisse pour prier à Saint-Maclou…

– Vous auriez pu vérifier ses dires…

– Je lui avais fait confiance, et puis, les Allemands ont fouillé la crypte à la recherche des Anglais, ils ont même bouché l'entrée avec du ciment. Il faut croire qu'ils ne les ont pas trouvés, car il est certain qu'ils les auraient arrêtés et nous auraient ensuite interrogés. Peu après, les alliés bombardèrent la cathédrale et tous les accès du sous-sol furent ébranlés. L'escalier du pilier et le passage du portail des Libraires étaient condamnés par les éboulis. Avril 1944, vous en souvenez-vous ? Que croyez-vous que j'aurais pu faire sous cette pluie de bombes ?

L'évêque pria, ses mains tremblaient et une larme perla sur sa joue.

– Je vous affirme que la personne m'a certifié avoir agi selon ma demande… Je vous le répète, je lui ai fait confiance !

Bouvier posa ses yeux sur la bible et le chapelet qui trônaient sur la table de chevet. La vue de ces objets se confondait avec le récit de l'ecclésiastique.

– Les sœurs Cadet… murmura Bouvier.

– Comment ? Vous les connaissez ? s'étonna l'évêque.

Bouvier lui fit signe que oui. Ils restèrent un moment silencieux.

– Vous trouverez une lettre dans la poche de mon gilet, fit l'évêque en désignant le placard.

Bouvier fouilla l'habit, trouva le pli et lut les quelques lignes que Marie-Louise Cadet avait adressées à l'évêque.

3 mars 1944

Monseigneur,

J'ai obéi à vos injonctions et j'espère que ces corvées dûment remplies m'ouvriront les portes au sein des saints. Que Dieu pardonne mes péchés.

Toutefois, je vous annonce que je change de paroisse et prends pour confesseur l'abbé Cadoz. Je suis sûre que vous comprendrez ma décision.

Gardez-moi dans vos prières car vous serez toujours dans les miennes.

Marie-Louise Cadet

– J'ai reçu cette missive deux jours après. Sa sœur m'ayant confirmé l'exécution de toutes mes recommandations… Je n'ai pas cherché plus loin…

Bouvier, songeur, tira son paquet de Gauloises de sa poche mais se ravisa en voyant l'évêque sur son lit de souffrance.

– Vous pouvez fumer, je vous en prie, cela ne me dérange pas…

– Mais moi, oui ! Nom d'une pipe ! s'écria Zelligman, entrant brusquement dans la chambre. Cette fois dehors ! Et vous Monseigneur, je vous ordonne de vous reposer !

Avant de se séparer, l'évêque ouvrit le tiroir de la tablette. Il prit son calepin, en arracha quelques pages qu'il tendit au commissaire.

– Voici les noms des huit enfants… leurs vrais noms… Je n'ai, à ce jour, retrouvé aucun parent ou proches… Peut-être que vous aurez plus de chance que moi…

Bouvier prit les feuilles et salua l'évêque, lui souhaitant un prompt rétablissement. Lorsqu'il descendit le grand escalier de l'hôpital, il tomba sur le Dr Galien qui, par chance, posa la question avant lui.

– Comment va Clémence depuis sa sortie ?

Bouvier resta un instant interdit, ne sachant que répondre, il se contenta de sourire et articula un « très bien, merci ! » le plus enjoué possible. Galien n'insista pas davantage.

Il monta dans son auto et circula dans les rues rouennaises devenues poussiéreuses, presque poisseuses, tant la chaleur était écrasante. La ville était un chantier permanent où des ouvriers ruisselant de sueur semblaient ne jamais achever la moindre tâche, le moindre bâtiment. Partout on entendait le grondement des engins, le claquement des ferrailles et le tac! tac! tac! des marteaux-piqueurs. Des baraquements miteux faisaient office de commerces, des immeubles délabrés continuaient de loger le citoyen qui s'entassait dans ces garnis insalubres, où une faune minuscule cohabitait... Punaises, poux, puces, cafards, souris, rats... Tu parles d'un zoo! Dans ces cages-là, le bon peuple de France rêvait de Frigidaire, d'eau courante et de DDT en lisant le *Chasseur français*. Des quartiers entiers sentaient la crasse et la pisse, les oignons et le foutre. Par cette chaleur, c'est la ville entière qui exhalait sa puanteur, là même où on avait gelé par tous les trous cet hiver. Dans cette prétendue reconstruction, on cassait tout ce qu'on pouvait: des restes d'immeubles, des théâtres, des arches de pont, tout un passé radieux ou misérable se fracassait à grands coups de pioche... Des pans entiers de la vieille ville tombaient à terre, sans que l'on sache ce qu'on mettrait à la place. On traversait ainsi des bouts de désert qu'on nommait terrains vagues.

Avec la brise du sud, la fumée des hauts fourneaux achevait de faire crever les pulmonaires. Oui, il fallait tout casser, flanquer tout ça par terre, une bonne fois pour toutes. Achever ce que la guerre avait épargné et enterrer huit communiants sous un tas de gravats...

Bouvier traversa les ponts, les quartiers ouvriers se succédaient entre les fabriques, tous taillés dans la même brique, il stoppa son auto devant le petit carré de verdure que Suzanne s'acharnait à rendre gai. Il l'embrassa et se dirigea vers son fauteuil, poussa délicatement le chat qui gardait son trône en son absence. Il mit du temps à trouver le sommeil.

Chapitre 35

– Nous sommes maudits...
– Oui... je crois que tu as raison... Dieu nous punit...
– Ferme-la ! Il n'y a pas de Dieu, pas de diable non plus...
Il n'y a que la mort... Que cette stupide mort...
– On va s'en sortir !
– Pour quoi faire ? Pour les petits c'est déjà trop tard...
Nous n'avons plus de parents, plus d'amis...

Marie-Thérèse, perchée sur son escabeau, s'appliquait à lustrer l'énorme crucifix où agonisait un Jésus de bronze. Son chiffon caressait doucement le buste tendu, lentement, il glissa vers l'entrejambe et s'arrêta sur le pagne du pauvre martyr. Sa main allait et venait, d'abord en douceur, elle passait, repassait, encore et encore, de plus en plus vite, frottant toujours plus fort, jusqu'à ce que le mouvement ne devienne frénétique. Marie-Thérèse laissa échapper un petit gloussement qui parvint aux oreilles de sa sœur. Marie-Louise l'interpella vertement, tout en continuant sa ligne de compte.

– Marie-Thé ! Je pense que tu l'as suffisamment astiqué... Passe aux étagères, veux-tu ?

La cadette obéit à la voix de son aînée, jetant un dernier regard langoureux sur le corps de bronze. Elle reprit son plumeau et on l'entendit roucouler une chanson de Tino Rossi qu'elle rythmait mollement en agitant sa baguette plumée. La sonnette tinta et des pas d'homme firent crisser le parquet ciré de la boutique.

– Bonjour, mesdemoiselles !

Marie-Thérèse, toujours perchée, rendit un large sourire au visiteur, tandis que sa sœur toisa l'intrus à travers les carreaux de ses lunettes qui accentuaient un peu plus la sévérité de son regard.

– Bonjour, monsieur ! lança le rossignol sur son perchoir.

– Encore vous ! lui jeta la vieille chouette derrière ses livres de comptes.

Marie-Thérèse descendit lestement de son promontoire, tendit la main au commissaire qui n'eut point le temps de la saisir.

– Va à ta place, Marie-Thé ! lui ordonna sa sœur.

Marie-Thérèse obtempéra sur le champ, se précipita vers le comptoir pour disparaître derrière les boiseries encaustiquées. Sa sœur se dressa devant Bouvier.

– Vous désirez ?

Le policier souriait, amusé tout à la fois par la singularité des lieux et de leurs hôtesses.

– Permettez-moi de me présenter, vous ne m'en avez pas laissé l'occasion la fois dernière : commissaire Bouvier...

Il sortit sa médaille que la vieille bigote observa de près avec ses grosses loupes. Elle reprit d'un ton sec.

– Et puis ?

– Je souhaiterais m'entretenir de faits anciens, madame...

– Mademoiselle !

– Pardon... mademoiselle... Des évènements qui remontent à l'Occupation...

Marie-Louise Cadet demeurait immobile, attendant plus de précisions. Elle pressentait cependant une menace dans cette démarche mais en ignorait encore le but.

– À cette époque, vous étiez, il me semble, une fervente paroissienne de la cathédrale... reprit paisiblement Bouvier.

Elle se tenait toujours fixe, seuls ses yeux s'animaient, tentant de percer les pensées du commissaire.

– Brusquement, vous avez changé de paroisse... poursuivit-il. Oh, vous n'êtes pas allée bien loin remarquez... Au bout de la rue... à Saint-Maclou... Il faut dire qu'à Rouen, nous possédons un vaste choix pour élire nos chapelles...

N'obtenant aucune réaction de la dévote, Bouvier persista sur un ton aussi neutre que possible :

– Pourquoi avoir changé si brusquement vos habitudes ?

La vieille restait muette. Elle aurait pu le congédier sur-le-champ, tout du moins tenter la chose, mais elle se retint, préférant patienter jusqu'à ce qu'il en vienne au fait.

– Avez-vous eu un litige, une discorde avec Mgr Glâtre ? À propos d'un service qu'il vous aurait demandé ?

Marie-Louise Cadet détaillait chaque trait du visage de son interlocuteur. Elle rompit brusquement son silence :

– Vous êtes le gendre du ministre Pagèle, n'est-ce pas ?

Bouvier fut interloqué par cette question, elle acheva de le déstabiliser avec une habile perfidie.

– Comment vont vos dames ?

Il reçut l'allusion en pleine figure. Mlle Cadet, en bonne bigote, se souvenait de toutes les figures de la ville, pour peu qu'elles soient passées par la cathédrale. Or le mariage de Bouvier et Clémence avait été célébré en grande pompe dans l'édifice. Beau-papa venait de prendre son porte-feuille à l'Industrie. Marie-Louise était aux premières loges, évidemment. Mais comment savait-elle pour Suzanne ? Qu'importe, il se doutait que son secret de polichinelle était sur la place publique depuis longtemps, alimentant commérages et bavardages…

– Je ne suis pas venu pour parler de moi… bafouilla-t-il.

Il s'éclaircit la voix et reprit de façon plus audible :

– Je vous prie simplement de répondre à mes questions.

– En ce cas, sachez que ma foi ne regarde que moi et je suis libre de choisir la paroisse qui me sied sans que j'aie à m'en justifier devant quiconque, fût-il gendarme.

Bouvier décida d'affermir le ton, il gomma son sourire et alla droit au but.

– Pourquoi n'avez-vous pas libéré les enfants comme vous l'avait demandé Mgr Glâtre ?

– Vous êtes fou ma parole ! Qu'est-ce que c'est que cette ânerie ? De quels enfants parlez-vous ?

– Des gamins qui étaient prisonniers lorsque le père Aurélio s'est fait fusiller.

Marie-Louise pesta lorsqu'elle entendit ce nom.

– Le père Aurélio était un sauvage ! Je pourrais vous en dire, moi, sur ce démon, car c'était un démon ! Ce monstre a perverti ces pauvres enfants et s'en est également pris à ma sœur. Glâtre le savait… Mais il n'a rien fait ! Rien !

– Vous vouliez vous venger…

Bouvier déplia la missive que Marie-Louise avait adressée à Glâtre, elle la reconnut aussitôt.

– Ah, le monstre ! Vous êtes là pour ça ! Je m'en doutais…

Pour la première fois, Bouvier vit Marie-Louise tressaillir. Elle ôta ses lunettes, il distingua un voile dans son regard.

– Ainsi, il m'a trahie… J'aurais dû m'en douter… Il est venu ici, il y a trois jours, pour me demander de me confesser, cela m'a étonnée… J'ai obéi… Je lui ai toujours obéi… Je comprends tout à présent… C'était pour mieux me dénoncer… C'est donc cela…

Visiblement affectée, elle fit quelques pas le long des présentoirs, ses mains tremblaient.

– Pourtant je me suis confessée ! Il n'a pas le droit !

Tout à coup, ses jambes chancelèrent et elle se cramponna aux étagères pour ne pas défaillir. Bouvier tenta de lui porter une main secourable qu'elle repoussa. Elle reprit son aplomb, un sentiment de révolte l'anima soudain.

– Alors, c'est moi qu'il accuse à présent ! Ah, il n'a donc honte de rien ! Oui, je l'avoue, j'ai tué cet enfant. J'ai dû le faire car Dieu ne peut tolérer le fruit d'un tel péché. Si elle n'avait jamais connu cet Aurélio, rien ne se serait produit. Cet abbé était un satyre ! Il s'en est pris à ma sœur, comme à ses petits pensionnaires…

– Pardonnez-moi, mademoiselle Cadet… Je crois que nous ne parlons pas de la même chose… Je vous parle des petits Juifs prisonniers dans la crypte et de la lettre de Glâtre vous demandant de les libérer…

– Des Juifs prisonniers dans la crypte ?

Elle restait incrédule face aux propos du commissaire.

– Oui, cela remonte au moment où les Allemands ont investi le pensionnat, vous en souvenez-vous ?

– Je me rappelle les Allemands oui… mais je n'ai jamais reçu de lettre mentionnant des Juifs…

– Monseigneur l'a glissée à votre sœur lors d'une commande…

Marie-Louise et Bouvier se tournèrent vers Marie-Thérèse dont la tête dépassait du comptoir. Elle balbutia quelques mots.

– Je... excuse-moi, Marie-Louise... J'ai dû la jeter au panier... Je croyais qu'il voulait encore te faire des histoires avec Aurélio et mon bébé...

Marie-Thérèse parlait d'une voix blanche, elle attendait les habituelles réprimandes de sa sœur lorsqu'elle savait avoir commis de grosses bêtises. Elle poursuivit ses explications fébrilement :

– Monseigneur est revenu me poser la question au sujet de la lettre et s'assurer que je te l'avais bien remise... Je lui ai dit que oui et qu'il ne fallait plus nous embêter avec toutes ces histoires... Je lui ai dit que tu ne voulais pas de scandale et que tu étais en danger pour ce que tu avais fait...

Bouvier comprit la méprise, ne sachant comment disculper les deux femmes des faits pour lesquels il était venu.

– Non mademoiselle Cadet. Il n'est pas question de cela... Huit enfants étaient retenus prisonniers à cause d'un jeu stupide dans la crypte de la cathédrale. Ils étaient israélites. Ce sont ces gamins que le père Aurélio tentait de protéger la nuit où il a été abattu. Or, personne ne pouvait les délivrer. Monseigneur était sous la surveillance de la Gestapo, il lui était impossible d'agir, alors il songea à vous. C'est pour cela qu'il vous a laissé un plan et des instructions pour les délivrer... Malheureusement, je comprends à présent que personne n'a jamais lu ces documents...

– Les pauvres petits sont morts ? s'enquit Marie-Louise.

– Hélas, oui... C'est pour eux que je suis là... Mais je constate, à regret, que j'ai ravivé des douleurs totalement étrangères à cette affaire, des souvenirs qui ne concernent que vous...

Les deux sœurs se regardèrent, pénétrées de leur secret. Un secret qui rongeait leurs âmes comme un cancer. Puis Marie-Thérèse songea aux enfants.

– Comment s'appelaient-ils ? Je les connaissais tous vous savez… J'avais toujours quelques friandises ou des petits cadeaux à leur donner… Ils venaient souvent me voir… fit-elle, essuyant les larmes sur ses joues.

Bouvier sortit les quelques pages du calepin que Glâtre lui avait remis, il lut les huit noms.

– Jacques Hoffman dit Jacques Gerbault, Jean-Louis Hoffman dit Jean-Louis Gerbault, Serge Berg dit Serge Lepetit, Isaac Roseleim dit Jean Ribelot, David Goldenberg dit Benoît Giffard, Robert Galliman dit Robert Lecœur, Roger Liehman dit Roger Préjean, Roger Cohen dit Roger Marchand.

Le visage de Marie-Thérèse se crispait à chaque nom cité.

– Je les connaissais tous. Tous ! Ils étaient si petits… Benoît, Jean-Louis, Robert… Ils n'avaient pas 8 ans !

– Mais comment est-ce possible ? Qui les a enfermés là ? interrogea Marie-Louise.

– Leurs propres camarades, lors d'un jeu aussi puéril que cruel… Comme savent en inventer les gosses parfois, malheureusement…

– Quel exemple leur montrions-nous à l'époque ? fit Marie-Louise.

– C'est ma faute ! J'ai tué ces enfants comme tu as tué le mien ! cria Marie-Thérèse soudain révoltée, pointant son doigt accusateur sur sa sœur.

Elle tremblait à présent, cherchant des yeux un objet sur lequel elle transcenderait sa lente et sourde colère. La vérité, comme un torrent limpide, la libérait du silence et de la honte, recluses toutes deux dans leur pieux cachot avec le seul remords pour pain quotidien. Elle saisit un coupe-papier d'ivoire et le brandit, menaçant Marie-Louise, puis retourna brusquement l'arme, la pointant vers son cœur. Bouvier, d'un bond, retint son geste. Il la ceintura, la maîtrisant avec peine ; la rage de la vieille fille décuplait ses forces. La démence la gagnait, désarticulant ses membres. Elle hurlait, blasphémait comme une hérétique.

– Nous sommes maudites ! Maudites ! Je hais le Seigneur ! et toutes ces saloperies !

Redoublant d'ardeur, elle parvint à se dérober à l'étreinte du commissaire, elle se précipita vers les étagères et jeta tout ce qui lui tomba sous la main. Des bibles, des crucifix, des chapelets… Elle flanqua tout à terre, sa sœur la regardait faire, impuissante. Partageait-elle, à cet instant, les mêmes sentiments de cruauté et d'abandon devant le sort que leur réservait le bon Dieu ?

À bout de force, Marie-Thérèse s'écroula sur le plancher, la douleur et les larmes succédèrent à la rage. Bouvier la prit dans ses bras. Telle une enfant, elle s'accrocha à son cou. Marie-Louise le guida vers un divan qui se trouvait au fond de la boutique. Il l'allongea avec précaution. Son corps était pétrifié de chagrin. Marie-Louise lui épongea le front puis se tourna vers le commissaire.

– J'étais obligée… obligée de le faire ! Vous me comprenez… Le père Aurélio nous y avait contraintes ! J'ai confessé mon péché à Monseigneur, il m'a donné des pénitences, je les ai toutes exécutées… C'est ce que je lui expliquais dans la lettre… Mais je ne pouvais plus affronter son regard, car il savait, bien qu'il ait eu pitié de moi, il savait… J'ai fait cette chose, confier cet innocent à Dieu… Je connaissais une femme qui… vous savez… elle réussit à la délivrer sans peine. Marie-Thé n'a pas réellement souffert, enfin je m'efforçais de le croire… Mais…

Elle se mit à pleurer et le masque de la sévérité se dissipa dans ses larmes.

– Le fils d'un prêtre… c'était impossible… Vous comprenez ? Vous me comprenez, n'est-ce pas ?

Bouvier n'osait pas lui avouer la vérité au sujet d'Aurélio. Devait-il ajouter plus de peine à ces deux pauvres femmes ? Marie-Louise continuait néanmoins son mea-culpa.

– C'est pour cela que j'ai changé de paroisse… poursuivit-elle. J'avais prévenu Monseigneur… Je lui avais confessé ma faute… Par lui, j'ai obtenu le pardon de notre Seigneur. Mais moi, je ne pouvais trouver cette miséricorde dans mon cœur. Je suis coupable d'avoir volé la vie d'un petit ange, oui de ça je suis coupable... Mais pour le reste... j'ignorais tout au sujet de ces pauvres gosses. Je vous le jure !

– Je vous crois... Je suis désolé de vous avoir causé de la peine, à vous et votre sœur. Occupez-vous d'elle, elle a besoin de vous... Au revoir, mademoiselle Cadet.

Marie-Thérèse s'était doucement ressaisie. Elle était sereine à présent, ses traits d'ancienne jeune fille se recomposaient, un mince sourire retrouvait ses lèvres. Elle s'approcha, embrassa sa sœur, puis elle prit la main du commissaire et y glissa une petite médaille bleu pâle.

– Elle vous protégera...

Le commissaire salua les vieilles demoiselles et disparut dans la pénombre de la boutique. Il poussa la porte, retrouva la lumière, la gaieté absurde des rues, la quiétude des terrasses de bistrots, les robes à fleurs, les chapeaux de paille, les écoliers en promenade qui chantent à tue-tête la chanson que leur entonne leur maître et cette cathédrale noyée de soleil, qui déploie ses dentelles craquelées sur toute la ville. Bouvier marcha le long des trottoirs sans destination précise. Il songeait à ces petits communiants, à leur souffrance. Qui les pleurerait à présent ? Pouvait-on oublier les êtres à ce point ?

Il se dirigea vers son auto, traversa la ville jusqu'à la place du Boulingrin, monta la route du Monumental et s'arrêta près d'un bosquet. Il longea plusieurs allées du cimetière, la tête basse. Une silhouette se dessina au bout du chemin.

– Crois-tu qu'il soit heureux là-haut ? murmura-t-elle.

– Oui, ne t'en fais pas...

Il repartit, seul, apaisé.

Chapitre 36

Le *Paris-Normandie* étalé sur son bureau, Legendre lisait l'entrefilet annonçant la macabre découverte, « Les corps de huit enfants ensevelis sous la cathédrale ». L'article citait leurs noms et mentionnait les conditions obscures du drame, mettant en cause la présence de la Gestapo dans l'enceinte du pensionnat, en 1944. Le journaliste expliquait que le geste désespéré de Simone Berg, inhumée la veille, était lié à cette découverte. Les quelques lignes étaient reléguées en page dix, l'une étant consacrée au sport avec une interview exclusive du prodige Anquetil. Le directeur, pleinement satisfait de la qualité du récit, ne manqua pas de féliciter Bouvier pour avoir rondement mené cette affaire, qui n'en était point une d'ailleurs, puisque personne ne fut arrêté. Il s'appesantit sur les drames que la France avait subis à l'époque, ajoutant même que ces enfants n'étaient qu'un détail, navrant certes, mais un détail tout de même parmi les milliers de déportés qui partirent mourir en Allemagne. Lui-même ne fut-il pas prisonnier pendant trois ans dans une ferme teutonne, avec des topinambours et des rutabagas pourris pour tout régime ? Bouvier l'écouta poliment puis prétexta une affaire urgente pour déguerpir, il en avait déjà trop entendu.

Poussin et Bisson l'attendaient à la terrasse du bistrot, sur la place du marché. Ils burent quelques bières, parlèrent du Tour, chacun prédisant le nom du futur vainqueur, imaginant les étapes, les chutes, les ruses et les tactiques qui émailleraient la Grande Boucle. L'après-midi se passa ainsi. Bisson alla retrouver sa fiancée, sans doute iraient-ils au cinéma. Bouvier proposa un pique-nique à son ami, Suzanne serait heureuse de bavarder avec Odette. Il acheta des saucisses sur le marché et en profita pour choisir quelques pots de fleurs pour le grand bonheur de Suzanne. Il hésita à lui prendre un livre chez le bouquiniste, y renonça finalement. Il était si ardu de savoir ce que Suzanne n'avait pas encore lu, le choix se restreignait chaque jour davantage, tant Suzanne dévorait tout ce qui pouvait s'imprimer. Ils dînèrent tous les quatre, comme ils en avaient pris l'habitude depuis de nombreuses années. La soirée fut douce. Bouvier songea un instant à son avenir, à la retraite qui approchait, aux amis qui lui restaient. Cela se passerait ainsi, lentement. On égrènerait les souvenirs où quelques confusions sur les lieux ou les noms animeraient les discussions. On veillerait sur la santé de chacun en échangeant des remèdes de grand-mère. Oui, on parlerait de la vie et de ses choses.

Personne n'évoquerait plus les petits communiants. Il garderait cela dans son cœur qui battrait un peu plus fort lorsque parfois, il entendrait les rires des gamins du quartier.

Chapitre 37

Mgr Glâtre rendit grâce au Seigneur de lui avoir redonné la santé et le courage en cette belle journée. Tout se déroula selon le protocole. Le président Coty fut ravi de redécouvrir cette cathédrale tant meurtrie par les bombes amies. Il remercia l'évêque pour l'accueil chaleureux et promit la poursuite de l'effort national à la restauration du monument. Dans les coursives du saint lieu, Armando di Gioggi glissa à l'oreille sa nomination prochaine au rang de cardinal. Oui, en ce jour radieux, tout ce beau monde arpentait les fraîches allées de l'édifice où la solennité laissait place, parfois, à une certaine allégresse, de celle qui porte les hommes vers des lendemains forcément meilleurs. Un fonctionnaire du patrimoine commenta tous les travaux entrepris et énuméra les vastes chantiers à venir. La beauté de la crypte fut également mentionnée, mais le président ne la visita pas, faute de temps. Un emploi du temps chargé le réclamait vers d'autres manifestations pour déposer d'innombrables gerbes tricolores en fanfare. Il quitta la ville à regret, désolé de ne pouvoir assister à l'étape du Tour qui empruntait les rues de la vieille cité le lendemain.

Bouvier et Poussin regardèrent l'arrivée sur le circuit des Essarts. C'est Charly Gaul qui remporta l'étape, mais cette année-là, Walkowiak gagnerait le Tour, et ce, de façon héroïque. Cela ferait partie des souvenirs que les amis ressasseraient ensemble ces prochaines années.

Les deux collègues repartirent tranquillement pour la préfecture, soulagés que toutes ces festivités se soient déroulées sans accrocs. La République offrait à boire à ses serviteurs et les deux policiers espéraient en profiter tant la journée avait été brûlante. Le champagne frais ravit leurs gosiers prenant rapidement un goût de reviens-y. Le préfet allait entamer son discours lorsqu'une voix éclata dans le grand salon.

– Crapule ! Saligaud !

Tout le monde tourna la tête vers le trouble-fête.

– Vous pouvez parader, pauvre crétin ! Oui vous ! commissaire Bouvier ! Vous n'êtes qu'un stupide, qu'un ignoble saligaud ! Mon fils a disparu ! Par votre faute ! Que lui avez-vous raconté ?

Toute l'assemblée écoutait sans mot dire l'incartade tonitruante d'Alfred Langlois. Le préfet, aussi stupéfait que ses concitoyens, hésita à se diriger vers l'estrade où un microphone l'attendait.

– Calmez-vous, monsieur Langlois… Je ne sais pas de quoi vous parlez, mais je veux bien m'expliquer avec vous dans un endroit plus approprié… répondit Bouvier tentant de calmer le banquier défiguré par la colère. Il avait perdu toute sa superbe, ressemblant à un vieux fou dépenaillé.

– Non, je veux que tout le monde sache qui vous êtes ! Vous avez accusé mon fils d'avoir tué ces Juifs, de sales petits morveux qui ont souillé notre sainte mère l'Église… Et voilà le résultat ! Il a disparu depuis quatre jours ! Par votre faute ! Salaud ! Salaud ! Salaud !

Le banquier voulut attraper le col du commissaire mais il vacilla et deux personnes dans l'assemblée se précipitèrent vers lui pour le soutenir. Ils l'éloignèrent dans une pièce à l'écart de la foule qui, maintenant, commentait bruyamment l'incident. Le microphone se mit à siffler et le préfet entama son discours estompant quelque peu les bavardages. Bouvier suivit Langlois, toujours soutenu par ses deux Samaritains ; ceux-ci l'installèrent dans le fauteuil confortable d'un vaste bureau. C'est alors que Mme Langlois entra à son tour, voyant son mari amorphe étendu sur le siège, elle se confia à Bouvier.

– Étienne a disparu, commissaire. Il était si bouleversé ces derniers temps, j'ai bien peur qu'il ait fait une bêtise. Je le pressens… Je le connais, je suis sa mère… Je le savais tourmenté depuis son adolescence et j'en découvre seulement la cause. Cette histoire à Saint-Évode… La mort atroce de ses pauvres camarades… Il m'a tout raconté après votre interrogatoire. Puis il s'est fâché contre son père. Il est parti de la maison en claquant la porte. Je sais qu'il s'était mis en tête de retrouver leur famille… Tenez, j'ai trouvé ceci sur son bureau…

Elle tendit quelques feuilles où des noms et des adresses étaient inscrits. Certains étaient rayés, d'autres étaient suivis de points d'interrogation. Cependant, une ligne était entourée de rouge. *David Roseleim, 72, rue de l'Église, Fontaine-sous-Préaux.*

– Que vous a-t-il dit au juste ? s'enquit Bouvier.

– Qu'il s'en voulait, qu'il se sentait terriblement responsable, coupable même, d'avoir assassiné ces pauvres gosses ! Je lui ai dit qu'il ne devait pas se mettre cela en tête, qu'il avait commis une bêtise, une grosse bêtise, parce qu'il était trop jeune pour comprendre… Et puis si son père ne lui avait pas monté la tête à cette époque ! Alfred a toujours haï les Juifs… Il n'y a pas qu'eux d'ailleurs ! Il déteste le reste du monde… Les nègres, les communistes, tous les autres… Nous avons eu droit à sa rengaine à chaque repas pendant toutes ces années.

– Vous dites qu'il a disparu depuis quatre jours… A-t-il fait ses bagages ou laissé un mot ?

– Non, c'est bien cela qui nous inquiète. Il devait même travailler sur une nouvelle commande de la ville, concernant un nouveau théâtre… Oh, commissaire ! J'espère qu'il n'a pas fait de bêtises…

Alfred Langlois s'agita soudainement, il bafouilla quelques inepties puis tenta de se lever, lorsque soudain sa face s'empourpra, il mit la main sur son cœur et se renversa de nouveau sur le fauteuil.

– Mon Dieu, Alfred ! s'exclama Mme Langlois.

– Allez chercher du secours, madame ! lança Bouvier en se précipitant vers son mari.

Il lui prodigua les premiers soins, déboutonnant le gilet et ôtant la ceinture du vieil homme. Alfred Langlois respirait avec peine. Mme Langlois entra avec un médecin qui continua le massage cardiaque entamé par le policier.

– Un confrère a appelé les services d'urgence, ils ne devraient pas tarder à arriver, dit le médecin tandis qu'il pressait la poitrine blanche du banquier.

Le commissaire et Mme Langlois sortirent de la pièce, traversèrent le grand raout qui animait les salons et attendirent l'ambulance. L'auto arriva quelques minutes plus tard. Les brancardiers emmenèrent discrètement Langlois qui, selon le médecin, semblait tiré d'affaire. Sa femme remercia le commissaire. Il lui assura en retour de faire le nécessaire pour retrouver Étienne.

Chapitre 38

Bouvier prit la route vers l'est, en direction de Fontaine-sous-Préaux alors que dardaient les premiers rayons d'un soleil blanc qui l'éblouirent tout le long du chemin. Le village ne comprenant pas plus de quatre ou cinq artères, il trouva facilement le chemin de l'Église, une sente cabossée qui traversait de vastes pâtures. Il roula lentement, scrutant les numéros des masures qui la bordaient. Il longea quelques prés où de grosses vaches cherchaient l'ombre sous les pommiers. Il s'arrêta devant une cour de ferme où deux garçons tiraient la longe d'un cheval qui se raidissait et se cabrait, refusant d'avancer vers les champs où il lui faudrait tirer une charrue pendant des heures.

– Excusez-moi ! Je cherche le 72 ? C'est encore loin ?

Les deux écuyers en herbe finirent par atteler l'animal qui marcha tête basse vers son labour. Un des garçons s'approcha de la voiture en récitant tout un chapelet de jurons en direction du canasson.

– Ce bougre de con ne veut rien savoir *ce tantôt* ! lui dit le gros ours blond en se penchant à sa vitre, il avait du crottin jusqu'aux genoux.

– Qu'est-qu'il dit de quoi qui cherche ? questionna-t-il dans un patois impeccable.

– Le 72 chemin de l'Église...

– Bah, il l'a passé ! Il est au 74 là... Faut qu'il retourne d'où qu'il vient.

– Mais il n'y a rien à côté, seulement un champ, rétorqua Bouvier.

– Y en a un qui se loge dans les tôles que vous voyez là-bas... Un drôle de branleur que ce gars-là ! Il n'arrête pas de déménager tous ses meubles... Ce doit être un romano ou quelque chose dans cette espèce ! Il est pas de la paroisse, comme dit le père.

– Merci garçon... À tantôt !

– C'est ça à tantôt !

Il se gara en plein champ devant un baraquement fait de tôles et de planches brutes, se dressant piteusement parmi les pommiers et les nids de taupes. Il lut une pancarte branlante :

Daniel Milerose
Déménagement-Brocante

Il traversa le pré où s'entassaient toutes sortes de quincailleries. Il toqua à ce qui lui sembla être une porte et attendit deux bonnes minutes avant de percevoir le grincement des ressorts d'un vieux sommier. Des pas hésitants firent trembler le frêle plancher de la cabane. Il reconnut immédiatement la frimousse ébouriffée qui apparut dans l'entrebâillement.

– Galibot ? C'est bien toi ? fit Bouvier surpris.

– Oh, le chef ! Ça alors ! Qu'est-ce qui vous amène ?

Il ouvrit grand la porte et serra chaleureusement la main du commissaire. David Roseleim *alias* « Galibot », avait rejoint le réseau de résistants dirigé par Bouvier, en 1943, alors qu'il n'avait pas 15 ans. Il se souvint de ce gosse très espiègle qui s'amusait à dégommer des Boches, pendant que ceux de son âge jouaient encore aux gendarmes et aux voleurs dans leur cour d'école. Il s'était réfugié un temps dans la même cache que lui, dans le Vercors.

– Ça, pour une surprise ! Je suis content de te revoir, petit ! s'exclama Bouvier.

– Et moi donc ! Je vous offre quelque chose ? J'ai de la bière au frais si vous voulez… Enfin elle sera tiède… Ou du café ? je peux en faire !

– Je ne cracherai pas sur un bon café.

Le jeune homme farfouillant dans tout son bric-à-brac, parvint à faire chauffer un peu d'eau sur des ustensiles hors d'âge.

– Tu te fais appeler Milerose à présent… fit Bouvier en désignant la pancarte.

– Oui… Daniel Milerose ! J'ai décidé ça depuis qu'un gars du métier m'a confié que Roseleim ça sonnait boche et que David c'était pas très catholique… Alors les deux ensemble, ça faisait mauvais genre. J'ai réfléchi et je me suis trouvé un prénom à la mode : « Daniel » et cette ana-gramme « Milerose »… J'aurais pu me faire appeler Dupont mais je ne voulais pas renier mes aïeuls.

– Alors comme ça, tu fais dans la brocante ?

– Bof ! Comme ci, comme ça ! Je me débrouille comme je peux…

– Je suis sûr que tu es le roi des affaires !

– C'est vite dit… Je gagne tout juste ma croûte, ça se voit non ? Mais vous ne m'avez toujours pas dit ce que vous venez faire chez moi.

Bouvier le dévisagea tandis que l'autre lui plantait droit son regard d'ange.

– Je suis à la recherche d'un jeune homme de ton âge...
Que tu connais certainement... Étienne Langlois...

David tressaillit légèrement puis s'empressa de sourire
à son invité.

– Ce nom ne me dit rien... C'est un parent à vous ?

– Non, il a été signalé disparu, alors... je fais mon
enquête...

– Ah, mais bien sûr ! Vous êtes flic ! C'est bien ça, chef ?
fit-il en jouant les naïfs.

– Arrête tes salades, veux-tu... Tu l'as vu, n'est-ce pas ?

David saisit la casserole d'eau bouillante. Le policier
crut un instant qu'il lui jetterait le contenu à la figure. Mais
le jeune homme versa le café fumant dans sa tasse et
s'empressa même d'apporter du sucre et d'essuyer ce qui
lui servait de table.

– Oui... Ça va, je le connais, fit-il en s'asseyant tranquillement. Il est venu me voir pour me parler de mon frère...
Il m'a demandé pardon pour ce que les Boches lui avaient
fait à cause de leurs bêtises de gamins et puis... voilà... Il
est reparti.

– Quand est-il venu ?

– Je ne sais plus... Il y a trois ou quatre jours, peut-être...

Soudain il s'égaya et tenta d'aborder un autre sujet de
conversation.

– Dites, vous vous souvenez de « Pelle à Bois » ? Je l'ai
croisé dans une foire à Amiens, la semaine dernière !

Bouvier ne répondit pas, il se leva et jeta un œil sur le
bazar qui s'accumulait dans tous les recoins de la case-
mate. Il était persuadé qu'il s'était passé quelque chose de
grave ici.

– Arrête ton char ! Où est-il ? fit Bouvier menaçant.

– Je viens de vous dire ! Je l'ai vu, on a parlé et puis il
est reparti !

Bouvier commença à remuer toute la pagaille, ne
sachant que chercher, il renversa une pile d'assiettes qui
se fracassèrent sur le plancher.

– Qu'est-ce que vous faites, chef ?

Le policier se retourna vers Roseleim.

– Il n'y a plus de chef ! Dis-moi ce qui s'est passé ! Dis-moi la vérité !

– Je viens de vous dire…

– Arrête de mentir ! cria le commissaire.

Le jeune homme s'ébroua et lui désigna la porte.

– Foutez le camp, foutez le camp de chez moi ! Vous n'avez pas le droit de tout fouiller, de tout casser comme ça, je connais la loi !

Bouvier attrapa le jeune homme par le col qui répliqua immédiatement par une clé de bras qui mit l'aîné à terre. Il le tenait en respect, assis à califourchon sur son ventre. Une lueur étrange embrasait ses pupilles.

– Vous ne m'aurez pas… dit-il tranquillement, vous pouvez fouiller tout ce que vous voulez, vous ne le trouverez pas… Il peut crever où il est… je m'en fous ! C'est un petit salaud… Du genre qu'on saignait, vous et moi, autrefois. Mais je vois que vous avez salement retourné votre veste…

Bouvier tenta de se dégager, parvint à trouver son appui et renversa son adversaire qui fut surpris à son tour par la vigueur de l'ancien. À présent, c'est lui qui avait le dessus. Il attrapa une corde qui pendait à un clou et lia fermement les poignets de Roseleim.

– Où est-il ?

– Il doit être mort à cette heure… comme mon frère…

Le commissaire relâcha son étreinte s'assurant que son assaillant, les membres solidement ligotés à une chaise, ne pouvait plus bouger. Il se rua dans la pièce, renversant les meubles et les bibelots miteux qui encombraient tout l'espace. Il jeta par la fenêtre tout ce qui lui passait dans les mains. Il agissait par dépit, pressentant qu'il arrivait trop tard. Roseleim le regardait faire en riant à présent. Bouvier alla vers un autre bâtiment encore plus délabré que la cahute du brocanteur, il aperçut une bâche qu'il arracha d'un geste sec et découvrit la Morgan de Langlois. Il hurla son nom arpentant le terrain, en fouillant désespérément chaque recoin.

À bout de souffle, commençant à cuire sous le soleil de midi, il s'assit sur un petit tonneau, scrutant encore autour de lui chaque parcelle du champ, réfléchissant à ce que venait de lui dire David. Celui-ci l'observait, goguenard. Le regard du policier balaya de nouveau les hautes herbes, lorsqu'il bondit soudain.

– Nom de Dieu !

Il courut dans le pré jusqu'au vieux puits dont on devinait l'ancienne pompe. Il ôta le socle de planches qui l'obstruait, se pencha et cria.

– Étienne ! Étienne !

Une voix faible parvint à ses oreilles, une voix qui avait usé ses cordes jusqu'aux derniers souffles, s'époumonant en appels au secours sans jamais parvenir à transpercer la quiétude des pâtures qui l'entouraient. Bouvier attrapa une échelle qui était posée non loin de là et amorça la descente. Par chance, à cette heure, le soleil se postait juste au-dessus de l'embouchure. Il découvrit Étienne très affaibli. Son corps ligoté pataugeait dans un reste de gadoue nauséabonde. Il coupa ses liens et le remonta sur son dos. Langlois devait avoir passé plusieurs jours dans cet état. Bouvier l'étendit sur l'herbe et alla chercher de l'eau qu'il versa sur son visage.

– Ça va aller, mon garçon.

– Il fut une époque où on l'aurait achevé net ! J'aurais dû le faire ! Mais j'ai préféré qu'il goûte au supplice que mon frère et tous mes camarades ont enduré avant de mourir…

David Roseleim était parvenu à sortir dans le jardin en traînant la chaise sur laquelle Bouvier l'avait attaché.

– C'est fini, Galibot ! La guerre, les nazis, les collabos… Tout ça, c'est fini !

– Pour vous oui ! Mais pour nous ? Nous ! nous continuons à crever en silence…

Bouvier allait le flanquer dans son auto quand Langlois le supplia de n'en rien faire.

– Laissez-le, commissaire ! J'ai tellement honte à présent… Pardon David ! Pardon ! Je voudrais tant que ton frère et tous nos camarades reviennent… Qu'avons-nous fait ? Oh, Seigneur qu'avons-nous fait ?

Étienne se jeta à terre, ses longs doigts griffaient le sol à en saigner. David Roseleim le regardait avec mépris, il lui cracha son dégoût à la figure. L'architecte continuait de se répandre en pardons tandis que David riait, d'un rire cynique et désespéré. Il savait que son ancien camarade ne porterait jamais plainte. Il aurait fallu pour cela raconter le calvaire des communiants et personne n'avait intérêt à remuer toute cette boue devant des juges. Personne ne voulait plus entendre toutes ces histoires, c'était du passé. On l'avait tous partagé. Maintenant, chacun reprenait le sien et les consciences seraient bien gardées… Bouvier détacha son ancien protégé qui se raidit pour saluer une dernière fois son chef avant de retourner à son grand désordre.

Le commissaire raccompagna Étienne chez ses parents. Là, il retrouverait tout le confort d'une maison bourgeoise. Une classe sociale qu'il ne quitterait plus.

Nourri au laid, il poursuivra son œuvre de bâtisseur en défigurant sa cité et encore bien d'autres par la suite, avec des monticules de ciment, tous nés sous une règle à calcul, car on ne pouvait décemment imaginer qu'un trait de crayon, même grossier, puisse être à l'origine de ces étrons cubiques qu'étonnement aucune bombe, fût-elle amie, n'osa encore souffler.

Le soldat Roseleim s'engagera dans un autre combat, là-bas, de l'autre côté de la Méditerranée. On le retrouvera un matin de décembre 1960, égorgé avec six de ses hommes, sur un chemin pierreux des Ores.

Épilogue

L'été 1956 s'achevait. Marianne annonça la date de son mariage avec un officier de marine marchande qui la courtisait depuis quelques mois. Pour la noce, Kléber et Clémence durent rejouer un temps la comédie du papa et de la maman, pour ne point contrarier leur fille ni la belle-famille. Ils firent le voyage et découvrirent les splendeurs d'Oran la radieuse. Tous deux tombèrent sous le charme de la perle orientale, ils y restèrent quinze jours, goûtant paresseusement aux douceurs coloniales. Chaque soir, Bouvier postait une lettre qui commençait invariablement par ces mots : « *C'est moi, Suzanne...* »

*
* *

– *Toute cette lumière, Jacques ! Toute cette lumière...*

Rouen Carrel
Octobre 2011

Éditions Ravet-Anceau
5 rue de Fives
BP 70123
59651 Villeneuve-d'Ascq cedex
Tél. : 03.20.41.40.70
Fax : 03.20.41.40.75
www.ravet-anceau.fr

Composition : Nord Compo, Villeneuve-d'Ascq (59)
Imprimé en France sur les presses de l'imprimerie Sepec
Numéro d'impression : N00982140902
Achevé d'imprimer en septembre 2014
Dépôt légal : juin 2012
ISBN : 978-2-35973-254-2
EAN : 9782359732542
ISSN : 1951-5782

IMPRIM'VERT

PEFC 10-31-1470 / Certifié PEFC / Ce produit est issu de forêts gérées durablement et de sources contrôlées. / pefc-france.org